Herta Moser
Lichtmess…

Impressum:

1. Auflage

Text: Herta Moser
Satz & Gestaltung: Ernst Denkmayr GmbH, Druck & Verlag, A-4020 Linz
Druck: Ernst Denkmayr GmbH, Druck & Verlag, A-4020 Linz

Herta Moser

Lichtmess…

Verlag Denkmayr

Inhaltsverzeichnis

Die Filialkirche Altenburg und

mein Elternhaus um 1950.

Einleitung

Die Zeit um Lichtmess hat von jeher eine gewisse Bedeutung. Die Tage werden wieder länger und die dunkle kalte Jahreszeit geht allmählich zu Ende. Zu Lichtmess wechselten früher die Knechte und Mägde ihren Dienstplatz. Es galt wieder neu zu beginnen in einer ungewissen Zukunft. Lichtmess kann daher als Zeit der Hoffnung und des Aufbruches in vieler Hinsicht angesehen werden. In meinem Buch habe ich eine Epoche beschrieben, die viel Not, Leid und Entbehrungen mit sich brachte. Eine Zeit in der viele Menschen liebe Angehörige im Krieg verloren haben.

Der Lichtmesstag 1941 ist mein Geburtstag. Ich habe mich bemüht meine Erlebnisse, den Alltag, die Angst mit der man täglich konfrontiert wurde und besondere Ereignisse während der Kriegs- und Nachkriegszeit wieder in Erinnerung zu rufen. Wie schwer es damals war Nahrung und Kleider zu bekommen, wie mühevoll die Arbeit in der Landwirtschaft verrichtet werden musste. Es handelt sich bei meinen Erzählungen ausschließlich um wahre Begebenheiten, die ich als Kind und Jugendliche selbst erlebt habe. Es ist eine Mischung aus humorvollen, traurigen und so manchen Begebenheiten, die in mir Unverständnis und Wehmut hervorriefen. Ereignisse denen ich machtlos gegenüberstand obwohl ich helfen wollte.

Ich habe mich bemüht nüchtern und ohne Vorurteile zu berichten um niemand zu kränken oder gar zu verurteilen. Es ging mir lediglich darum die damaligen Geschehnisse so wiederzugeben wie ich sie zu diesem Zeitpunkt erlebt und empfunden habe.

Dieses lachende Baby bin ich im Arm von Traudi Herzog, der Tochter einer bekannten Familie meiner Eltern.
Im August 1941 im Alter von 6 Monaten.

Geburt und Abstammung

Lichtmess 1941 eigentlich ein Tag wie jeder andere in einem sehr strengen Winter begleitet von viel Schnee und grimmiger Kälte. Doch für mich hat der Lichtmesstag 1941 eine besondere Bedeutung. An diesem Sonntag den 2. Februar 1941 erblickte ich das Licht der Welt. Mein Geburtsort war das Schusterhäusl in Altenburg 5, Gemeinde und Pfarre Windhaag bei Perg. Es war kurz vor Mitternacht als die Hebamme Maria Heiligenbrunner meiner Mutter bei der Entbindung beistand. Damals in den Wirren und Kämpfen des zweiten Weltkrieges, der soviel Leid über die Menschen brachte und Tausende ihr Leben verloren, gerade da wurde mir das Leben geschenkt.
Es war eine sehr schwere Zeit in der Lebensmittel und Kleidung Mangelware waren. Eine Zeit in der Armut, Hunger und Leid um die gefallenen Angehörigen an der Tagesordnung standen. Die Nahrung für Kleinkinder bestand aus Mehl- und Grießbrei dem so genannten „Kindskoch", sowie verschiedenen Teesorten und Ziegenmilch mit Wasser verdünnt. Als Babykleidung wurden zumeist alte Leintücher oder Bettwäsche zerschnitten und die Kinder damit eingewickelt. Unter diesen Gegebenheiten wuchs auch ich heran und machte meine ersten Gehversuche in von der Mutter gestrickten Schafwollsöckchen. Wann immer es möglich war lief ich barfuss. Ich hatte Glück denn mein Vater war Schuhmachermeister und als er einmal ein paar Tage Urlaub vom Kriegseinsatz hatte, fertigte er mir ein paar Schuhe an.
Er musste gleich nach meiner Geburt einrücken und sah mich erst wieder als ich laufen konnte. Er sagte damals beim Abschied zu meiner Mutter: „Mach dir keine Sorgen, ich komme bald wieder. Ich muss doch unserer kleinen Herta Schuhe anfertigen, du kannst doch ihre Fußerl nicht in Lumpen wickeln." Dieses Versprechen hat er auch eingehalten.

Die Hochzeit meiner Eltern Anton und Thekla Kunse
am 5. Mai 1940.

Eine lustige Begebenheit, die für mich von Vorteil war, gab es bei der Auswahl meines Taufnamens. Meine Mutter beauftragte den Vater nach Windhaag zu gehen um am Gemeindeamt meine Geburt zu melden und den Taufnamen bekannt zu geben. Sie hatte den Namen Berta für mich ausgewählt. Wie auch immer als mein Vater vor der Standesbeamtin stand, wusste er plötzlich nicht mehr ob ich Berta oder Herta heißen sollte. Er griff sich an den Kopf und sagte: „Ich weiß jetzt wirklich nicht mehr welchen Namen meine Frau dem Mäderl geben will, ach was nehmen wir Herta, wird schon nicht verkehrt sein." Ich bin ihm heute noch dankbar, dass er sich für diesen Namen entschieden hat. Ich denke ihm hat halt auch Herta damals besser gefallen.
Mein Vater war ein sehr fröhlicher und gütiger Mensch, der es im Leben auch nicht leicht hatte. Er wurde am 5. Jänner 1905 als erstes von sechs Kindern geboren und auf den Namen Anton getauft. Sein Vater Michael Kunse war Steinmetz und die Mutter Maria, geborene Gruber, arbeitete als Dienstmagd bei einem Bauern in Forndorf. Sie kauften sich das Raffetseder-Häusl oberhalb der Hintermühle an der alten Straße nach Perg, das auch mein Geburtshaus war. Als Kleinkind war mein Vater an der damaligen Volkskrankheit Rachitis, auch „Englische Krankheit" genann,t erkrankt.
Nur der Tatsache, dass ihn seine Mutter bis zum Hals in warmen Sand steckte, verdankte er seine völlige Heilung. Die Familie hatte auch unter den Auswirkungen des 1. Weltkrieges schwer zu leiden. Das Essen war knapp und an Kleidung fehlte es auch überall. Damals gab es das Haferbrot, das so im Hals kratzte, dass man es kaum schlucken konnte. Von Semmeln und Weißbrot konnte man nur träumen.
Als Ältester musste mein Vater des Öfteren auf seine Geschwister aufpassen wenn die Eltern nicht zu Hause waren. Das hatte für ihn oft böse Folgen, denn wenn seine Brüder Unfug trieben und etwas Dummes anstellten, musste er dafür büßen und die Schläge einstek-ken. Einmal zerlegte sein Bruder Hans die Wanduhr und wusste dann

Das Bild von den Hochzeitsgästen.

Die Familie meines Vaters.

nicht mehr wie er die vielen Räder wieder zusammensetzen sollte. Ein anderes Mal fielen seine Brüder mit dem Rasiermesser des Vaters über den Brotlaib her. In beiden Fällen gab es für den Aufpasser der seine Pflicht vernachlässigt hatte eine saftige Strafe in Form von stundenlangen „Scheitlknien". So verging die Kinderzeit und nach Beendigung der Volksschule erlernte mein Vater den Beruf eines Schuhmachers. Als Geselle blieb ihm nichts anderes übrig, so wie den meisten seiner Berufskollegen, auf Wanderschaft zu gehen, die man damals „Wälz" nannte. Der eklatante Arbeitsmangel der zu dieser Zeit herrschte, machte den ständigen Wechsel des Arbeitsplatzes notwendig. Dabei begab sich Vater in die verschiedenen Bundesländer um für einige Monate bei einem Meister Arbeit zu bekommen. Nach der Meisterprüfung richtete er sich im Elternhaus eine eigene Werkstatt ein und war fortan als selbstständiger Schuhmachermeister tätig.

Im Mai 1940 heiratete er meine Mutter Thekla Kragl eine Tochter vom Wolfsteinergut in Windhaag. Auch ihre Kindheit war alles andere als rosig. Sie kam als viertes von neun Kindern am 31. August 1908 zur Welt. Ihr Vater Josef Kragl stammte vom Großebner in Münzbach und die Mutter Maria war eine geborene Kaislgruber aus Dimbach. Nach ihrer Verehelichung kauften sie sich das Wolfsteinerhaus in Asching. Das alte Bauerngut war aber in einem sehr desolaten Zustand.

Die Türen und Fenster waren undicht und durch die Risse der alten Mauern pfiff der eisige Wind. Meine Mutter und ihre Geschwister wuchsen in bitterer Armut auf. Sie hatten weder genug zu essen noch etwas Brauchbares anzuziehen. Solange es möglich war ernährten sie sich von der Muttermilch. Es gab auch nicht genug Schlafgelegenheiten. Meistens schliefen im Bett der Mutter vier oder gar fünf Kinder. Die übrigen suchten eine Schlafgelegenheit auf der Ofenbank oder im Stall beim Vater. Es gab auch keine Schuhe, so dass die Kinder im Winter barfuss über die Eisplatten laufen mussten um in den Stall zum Vater zu kommen.

Meine Mutter sitzend mit ihrer Schwester Theresia (rechts) und Cilli Steindl der Tochter ihrer Dienstgeber (1939).

Meine Mutter aß sogar verdorbenes Obst, das sie im Garten fand um etwas in den Magen zu bekommen. Als dreijähriges Mäderl lief sie in den Wald um Beeren zu suchen, dabei verfing sie sich einmal im Gestrüpp eines Brombeerstrauches und blieb einen ganzen Tag gefangen. Erst am Abend bemerkte die Mutter, dass eines der Kinder fehlte und fand gerade noch vor Einbruch der Dunkelheit das völlig zerkratzte und erschöpfte Mäderl.
Im Alter von sechs Jahren kam meine Mutter mit ihrem jüngeren Bruder Leopold zu einer Tante nach Rechberg. Die Eheleute am Meislgut hatten keine eigenen Kinder und nahmen nun die beiden Geschwister auf damit den Eltern ein paar Esser weniger zur Last fielen. Bei der Tante gab es für die beiden von Heimweh geplagten Kinder zwar mehr zu essen, dafür hieß es aber arbeiten. Meine Mutter musste tagein tagaus, bei jedem Wetter die Kühe, Ziegen und Schafe hüten. Manchmal war sie völlig durchnässt und fror entsetzlich, weil sie trotz des schlechten Wetters den ganzen Tag beim Vieh draußen bleiben musste. Sie weinte und bekam dafür auch noch Schläge und Schimpfworte als Belohnung. Im Alter von zehn Jahren hatte sie genug von diesen Zuständen und kehrte der lieben Verwandtschaft den Rücken.
Sie hatte Glück und fand bei den Nachbarn ihrer Eltern beim Kemethofer Arbeit als Hirtermadl. Dort war sie zum ersten Mal in ihrem Leben glücklich. Die Bauersleute und deren Töchter waren freundlich zu ihr und zollten ihr Lob wenn sie die Kühe liebevoll auf saftigen Weiden, auf Wiesen und in Waldlichtungen führte. Sie bekam gutes Essen, anständige Bekleidung und Schuhe und durfte zum ersten Mal in einem eigenen Bett schlafen.
Am Kemethofergut fühlte sie sich wie im Himmel und sie war sehr glücklich als sie erfuhr, dass sie bleiben durfte. Sie dankte es den Bauersleuten ihrerseits mit Fleiß und gewissenhafter Tätigkeit. Nach fünf glücklichen Jahren fiel es allen schwer Abschied zu nehmen.
Meine Mutter trat schließlich in die Dienste der Familie Steindl im

Meine Mutter mit vier ihrer acht Geschwister von links:
Franz, Theresia, Martin und Anton.

Die Brüder Martin links und Anton rechts - beide kamen vom Krieg nicht mehr zurück.
Bilder sind aus den Jahren 1934 und 1938.

Forsthaus in Windhaag ein. Auch dort hatte sie eine schöne Zeit und galt als Familienmitglied. Die Bauersleute und deren Tochter Cilli behandelten sie liebevoll und der Bauer war mit ihrer Arbeit so zufrieden, dass er sie oft den Leuten gegenüber als „Engel“ bezeichnete. Im Forsthaus lernte sie meinen Vater kennen und sie beschlossen zu heiraten. Die Steindlfamilie ließ sie schweren Herzens ziehen und auch hier fiel der Abschied auf beiden Seiten schwer.
Die Hochzeit meiner Eltern war am 5. Mai 1940. Nach einem Jahr musste mein Vater zum Militär und die Mutter arbeitete viel bei den Bauern um für mich und die Großeltern täglich etwas zu Essen auf den Tisch zu bringen, zumal Lebensmittel in den Geschäften nur in geringen Mengen mit Lebensmittelkarten erhältlich waren. Durch die Arbeit bei den Bauern gelang es meiner Mutter immer wieder die nötigsten Lebensmittel zu bekommen um die Mahlzeiten zu sichern. Die Großeltern waren froh, dass sie so eine brave Schwiegertochter hatten und zollten ihr viel Lob.

Großeltern

In meiner frühen Kindheit während der Kriegsjahre war ich viel mit Großvater zusammen. Er erzählte mir interessante Geschichten und Erlebnisse aus seiner Kindheit, denen ich gespannt lauschte. Wir aßen gemeinsam auf der Bank vor dem Haus und Großvater rauchte gemütlich seine Pfeife. Die Pfeife gehörte unweigerlich zu seinem Alltag, denn er legte sie nur zum Essen und abends beim Schlafengehen zur Seite. Der Tabak den er in einer getrockneten Saublase, die als Tabaksbeutel diente, um die Leibesmitte gebunden hatte, wurde in den Kriegsjahren im eigenen Gemüsegarten angebaut. Die hohen Stauden mit den zarten rosa und gelben Blüten und den großen Blättern, stellten zugleich eine Zierde für den Garten dar. Im Herbst pflückte man die Blätter sorgfältig von den dicken Stängeln und brachte sie zum Trocknen auf den Dachboden.

†

Christliches Andenken

an Herrn

Michael Kunse

Hausbesitzer in Altenburg 5, Pfarre Windhaag

welcher am 20. Juli 1946, um 5 Uhr früh, unerwartet schnell, im 66. Lebensjahre sanft im Herrn verschieden ist.

Es trat der Tod mit leisem Schritte
In unser friedlich stilles Haus;
Ganz unverhofft aus unsrer Mitte
Riß er ein treues Herz heraus.
Es ruhen die fleißigen Vaterhände
Die stets gesorgt für unser Wohl,
Die tätig waren bis ans Ende
Es ruht dein Herz so liebevoll.
Der Herr geb reichen Lohn dir drüben
So flehen weinend deine Lieben

Leichenbestattung Knoll, Perg
Buchdruckerei Perg

†

Christliches Andenken

an Frau

Maria Kunse

Rentnerin in Altenburg 5, Pfarre Windhaag

welche am 23. August 1955 um 11 Uhr vormittags, nach längerem Leiden und Empfang der heiligen Sterbesakramente, im 75. Lebensjahre sanft im Herrn verschied.

Nun ruhe sanft du Mutterherz,
Beweint von deinen Kindern,
Zu denen du in jedem Schmerz
Sonst kamst, um ihn zu lindern.
Hab tausend Dank des Guten all,
Das du uns hast gegeben.
Gott lohne dir's im Sternensaal,
Mit ewig sel'gem Leben!

Buchdruckerei Perg

Meine Großeltern Maria und Michael Kunse zu Beginn der 40er Jahre.

Der würzige Tabaksgeruch vertrieb auch das lästige Ungeziefer wie Fliegen, Gelsen und Motten. Im Winter wurden die getrockneten Blätter fein geschnitten und füllten nach und nach Großvaters Tabaksbeutel. An einen Ausspruch des Großvaters erinnere ich mich noch ganz genau. Falls ihn jemand fragte wie es im gehe, sagte er stets: „Nun ja so geht's mir ja nicht schlecht aber die linke Niere ist halt kaputt."
Er musste ja auch Zeit seines Lebens hart arbeiten in seinem Beruf als Steinmetz. Er freute sich so als der Krieg zu Ende war, konnte dann aber die Wirrnisse der Besatzungszeit nur schwer verstehen. Er sagte zu mir: „Meiner Seel' wie sich die Russen aufführen das ist ja schlimmer als Krieg!" Er musste des Öfteren mit ansehen wie geplündert und den Frauen nachgestellt wurde, was ihn äußerst betroffen stimmte. Einmal sagte er zu mir als wir vor dem Haus standen und aus der Ferne Schüsse hörten: „Wen werden die Russen denn jetzt wieder erwischt haben, diese wüsten Kerle. Weißt du Kinderl ich habe die Freude am Leben verloren." Ich machte mir Sorgen wegen der Verfassung meines Großvaters. Er sprach nicht mehr viel, saß beim Tisch in der Stube, machte ab und zu einen Zug aus seiner Pfeife und starrte vor sich hin. Ich packte ihn am Ärmel und sagte: „Großvater gehen wir doch hinaus, die Sonne scheint so warm und die Vogerl singen so schön." Da lächelte er mich an, stand auf und ging mit mir vor das Haus. Wir setzten uns auf die Bank, Großvater legte seinen Arm um meine Schultern und sagte: „Ich möchte dich immer beschützen mein kleiner Sonnenschein aber ich fühle mich in letzter Zeit so müde. Ich denke jetzt oft ans Sterben und wünsche mir nur eines, dass es einmal schnell geht und ich nicht lange leiden muss." Ich erschrak über die seltsamen Reden des Großvaters, der doch früher so lustige Sachen erzählen konnte. Ich weinte leise und bat unter Tränen: „Großvater bitte geh' nicht fort, ich brauche dich und mein Bruder soll doch auch einmal mit dir auf der Bank sitzen." An diesem Tag sprachen wir nicht mehr viel, wir saßen still auf der Bank und unsere

Mit meiner Mutter im August 1943.

Mein etwas skeptischer Blick gilt dem Fotografen, der sich das schwarze Tuch über den Kopf gibt.

Blicke richteten sich des Öfteren auf die flauschigen Wolken die am Himmel vorüber zogen.
Abends ging ich traurig schlafen denn das Benehmen meines Großvaters kam mir bedenklich vor ich, hatte Angst, dass er bald sterben könnte. Ich erschrak fast zu Tode als am nächsten Morgen die Großmutter mit Tränen in den Augen in die Stube trat und sagte: „Der Großvater liegt tot im Bett, ich habe ihn gerade gefunden.“ Der Arzt stellte Herzschlag mit Sekundentod fest. Ich konnte es nicht glauben, dass der Großvater nie mehr mit mir auf der Hausbank sitzen würde und fragte immer wieder wo er denn hingegangen sei. „Der Großvater ist jetzt im Himmel und schaut auf uns herunter. Du brauchst dir keine Sorgen machen, es geht ihm bestimmt gut.“, tröstete mich meine Mutter. Damit musste ich mich zufrieden geben und ich stellte keine weiteren Fragen. Doch manchmal wenn der Himmel tiefblau war und schneeweiße Wolken vorüber zogen, bildete ich mir ein, Großvater sei hinter einer dieser Wolken und lächelt mir zu.
Früher war es der Brauch, dass die Angehörigen eines Verstorbenen das so genannte „Totenfeuer“ an einer Weggabelung entzündeten. Dabei wurde das Stroh aus dem Bett des Verstorbenen verbrannt und die Porzellanschüssel mit deren Inhalt er gewaschen und rasiert wurde, zerschlagen und ins Feuer geworfen. Scherben und Asche blieben zurück um den Toten den Weg in die Ewigkeit zu weisen. Nach den Begräbnissen erfolgte der Gang ins Gasthaus um das Totenmahl einzunehmen. Es gab schon damals das übliche Rindfleisch mit Semmelkren. Die Kinder bekamen die saftigen, knackigen „Krenwürstl“, eine seltene Köstlichkeit als willkommene Abwechslung vom Alltagsessen, das zumeist aus Stosssuppe, Sauerkraut, Mehl- und Erdäpfelsterz, Einbrennkoch, Grießschmarren und Polentasterz bestand.
Nach Großvaters Tod half ich oft der Großmutter, die den ganzen Tag fleißig arbeitete. Ich ging mit ihr in die umliegenden Wälder um Reisig und Klaubholz zu sammeln und es mit dem Schubkarren nach Hause

zu bringen. Im Frühsommer holten wir gemeinsam das Seegras aus den sumpfigen Waldlichtungen um es dann zu trocknen. Mit getrocknetem Seegras füllte man die Jutesäcke die als Betteinlage dienten. Es war ein herrliches Gefühl auf einem solchen Lager zu schlafen. Zur selben Zeit hieß es auch Himbeerlaub aus den Wäldern zu holen, dieses in Bündel zu Laubmandeln aufzustellen damit es trocknen konnte und im Winter den Ziegen als Futter diente. Das so genannte „Laubschneiden“ war eine mühsame Arbeit, wobei die Hände von unzähligen Dornen zerstochen wurden. Damals gab es keine Handschuhe zum Schutz der Hände, da wurde jede Tätigkeit mit bloßen Händen ausgeführt, egal ob dabei der Haut arger Schaden zugefügt wurde oder nicht.

Ich half der Großmutter wo immer ich konnte bis ich dann zur Schule gehen musste und die Freizeit weniger wurde. Aber in den Ferien und an schulfreien Tagen hielt ich es für meine Pflicht, sowohl der Mutter als auch der Großmutter bei ihrer Arbeit zu helfen. Ich begleitete die Großmutter beim Einkaufen und half ihr die Lebensmittel und Gebrauchsartikel in einem Korb nach Hause zu tragen. Falls ihr ein paare Schillinge übrig blieben und im Geschäft eine Süßigkeit zu bekommen war, erhielt ich einige Zuckerl oder ein Ripperl Schokolade. Es kann sich niemand die Freude vorstellen über diese außergewöhnliche Belohnung.

Ich erinnere mich auch gerne an die Einkäufe mit der Mutter, die meistens am Sonntag nach dem Gottesdienst getätigt wurden.

Die Gemischtwarenhandlungen, die ein vielfältiges Angebot an Waren besaßen, bedienten ihre Kunden so gut sie konnten. Damals gab es fast keine Verpackungen und die Lebensmittel mussten aus großen oder kleineren Behältern und Säcken den Kunden in Papiertüten eingewogen werden. Salz, Zucker, Mehl und Grieß standen in großen Säcken bereit, die Gewürze wurden aus kleinen Laden entnommen, Essig, Öl, Milch und Rum entnahm der Kaufmann aus großen Flaschen und Kannen.

Unvergesslich bleibt mir der wunderbare Geschmack des Brausepulvers, das man im Wasser auflösen musste. Die kleinen Sackerl, die eine große Sonne zeigten, enthielten dieses köstliche Getränk, das die Kinderherzen höher schlagen ließ. Gern erinnere ich mich an den Genuss meiner ersten Orange. Diese wunderbare Frucht, die ich zum ersten Mal mit sechs Jahren genießen durfte, war riesengroß, saftig, süß und von einem Geschmack, den ich bislang nicht kannte. Damals nannte man die Orange „Pomeranze“.
Da wir Kinder mit solchen Spezialitäten nicht verwöhnt waren, freuten wir uns umso mehr in den Genuss solcher Raritäten zu kommen. Eine besondere Köstlichkeit von erlesenem Geschmack waren die Salzgurken und die Salzheringe, die in kleinen Fässern bereit standen. Falls wir dazu noch eine frische Semmel erhielten, stand einer genüsslichen Jause nichts mehr im Weg. Die Mutter machte uns eine besondere Freude wenn sie beim Fleischhauer ein Stück Braunschweiger erstehen konnte. Der Geschmack dieser Wurst war einzigartig, was natürlich auch an der Tatsache lag, dass wir eben nur selten in den Genuss solcher Lebensmittel kamen. An den Wochentagen gab es weder Fleisch noch Wurst damit haben wir uns damals abgefunden. Wir waren froh wenigstens genug Brot und eventuell etwas Butter oder Schweinefett zum Bestreichen im Haus zu haben. Falls einmal kein Bissen Brot vorhanden war, nahm die Mutter etwas Mehl, vermengte dieses mit Wasser und Salz, formte flache Fladen daraus, die sie auf die Herdplatte zum Backen auflegte. Für uns war dieses Gebäck, auch „Zelten“ genannt, mit etwas Butter bestrichen eine willkommene Abwechslung.

Vaters Gesellenzeit auf der „Walz“.

Mit Berufskollegen in Imst in Tirol und bei einer Bootsfahrt auf der Donau bei Ardagger.

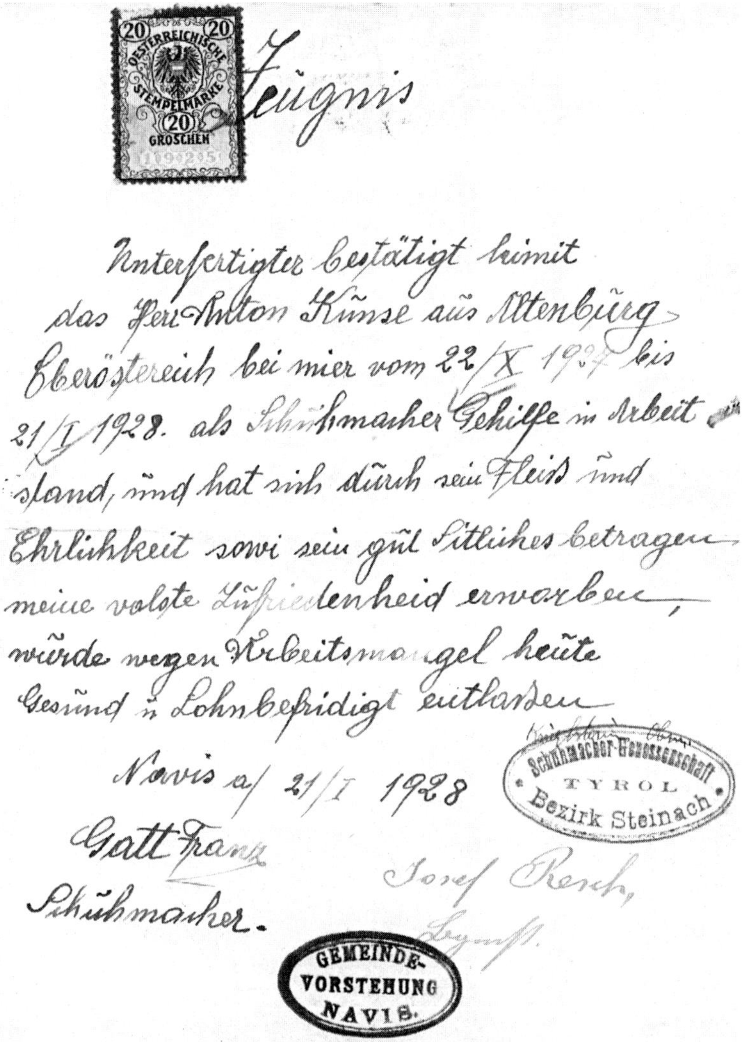

Ein Zeugnis aus Vaters Gesellenzeit.

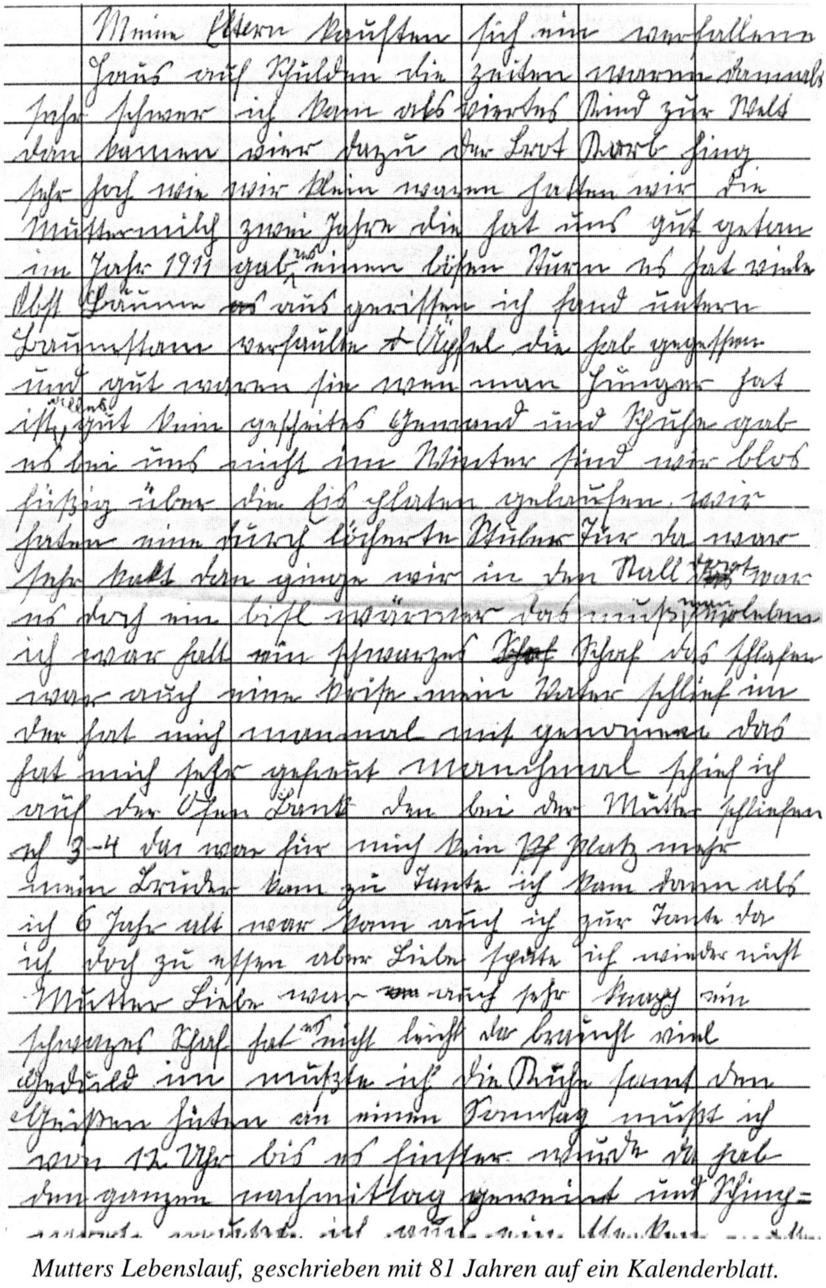

Mutters Lebenslauf, geschrieben mit 81 Jahren auf ein Kalenderblatt.

schwarzes Brot gab es schon. Sauber Brot
das war speisig krank man schlechten
Gewand bekam auch kein geschnittens
aus Papier würde eins erzeugt das
brauchte man nicht waschen der blieb
nichts übrig ich mußte immer in
alten Lumpen umher krabeln im Jahr
1916 starb Kaiser Franz Josef er hat d.
Krieg ein fach nicht vertragen könn
dan kam sein Sohn Karl an die Ma
im Jahr 1917 brannte unser Haus nie
ich hab den zu ersten brennen gesehn. Das Vieh h
war noch retten nur die Schweine und
die Hühner sind verbrannt das war
schon ein Unglück abends kam ein heftig
Gewitter es regnete in Strömen wir k
daheim nicht schlafen wir mußten eine
~~beim~~ Woche beim Nachbarn schlafen den
bei ist alles verbrannt es gab kein Wasser z
löschen der Brand müßten die Feuerwehr
verständigen denn ein Wasser gegeben w
der Vorrat gerettet gewesen so ist halt a
verbrannt das auf bauen war wieder schwi
schwierig es waren keine Handwerker zu kri
weil eben Krieg war so schliefen wir
einen Winter durch die Küche wir
lebt im nächsten Jahr war das Haus fert
fertig Im November 1918 ging der Kr
ende der Kaiser auch die böse Kriegszeit w

Geburt meines Bruders

Es lag noch meterhoher Schnee an diesem 20. März des Jahres 1944. Der strenge Winter wollte kein Ende nehmen. In dieser schweren Zeit, die den Menschen große Schwierigkeiten bereitete, gab es im Schusterhäusl in Altenburg Grund zur Freude. Ein Stammhalter hatte sich eingestellt, den die gesamte Familie herzlich aufnahm und bestaunte. Das kleine zarte Bürscherl sollte alsbald die Taufe erhalten und dazu zur Kirche nach Windhaag gebracht werden. Meine Eltern sorgten sich um die Gesundheit des Neugeborenen und wollten ihm die Strapazen des weiten Weges in Schnee und Kälte nicht zumuten.
So entschloss sich mein Vater den Pfarrer zu bitten, ob er nicht ins Haus kommen möge um den kleinen, etwas schwachen Säugling, zu taufen. Der Pfarrer sagte zu und spendete meinen Bruder das Taufsakrament. Das war ein besonderes Ereignis für mich, der Herr Pfarrer in unserer kleinen Stube den ich bislang nur in der großen Kirche gesehen hatte. Ich fühlte mich glücklich mit den Taufgästen und den Eltern gemeinsam am Tisch zu sitzen, während mein kleiner Bruder, der den Namen Anton erhalten hatte, daneben in seinem Korb schlief. Die Hebamme, Frau Heiligenbrunner aus Münzbach, die auch dabei war, sagte zu mir: „Ja meine Liebe jetzt musst du dich um deinen Bruder kümmern, musst gut auf ihn aufpassen, du bist ja nun die Große." Ich fühlte mich geehrt und war auch ein wenig stolz, dass ich nun eine Aufgabe bekommen hatte. Ich nahm die Sache sehr ernst und ließ den kleinen Toni fast nie aus den Augen. Jedoch mit der Zeit begann ich doch wieder meinen eigenen Interessen nachzugehen. Nach diesem harten Winter durfte ich doch die ersten Frühlingsboten, die ihre Köpfe aus dem Schnee reckten, nicht übersehen.
Endlich vertrieb die Märzsonne und ein warmer Fönwind auch die letzten Reste dieses harten Winters, die Menschen begannen nun die Felder zu bestellen und der Jahreskreis nahm seinen gewohnten Lauf.

Meine Mutter mit ihren Brüdern Anton und Martin, die beide den Krieg nicht überlebten. Martin ist 1940 gefallen, Anton gilt als vermisst.

Der Kreisleiter
Kreis Perg

Perg, am 9. Juli 194o.

Sehr geehrte Frau K u n z e !

Durch den Ortsgruppenleiter erfahre ich von dem schweren Verlust, den Sie durch den Heldentod Ihres Bruders Martin erlitten haben. Ich bringe Ihnen auf diesem Wege mein herzlichstes Beileid zum Ausdruck.

Wenn auch der Schmerz einer Schwester durch Worte Außenstehender nicht gelindert werden kann, so möge Sie das Gefühl aufrichten, daß Ihr Bruder für die große deutsche Gemeinschaft sein Leben gelassen hat. Tausende bringen mit Ihnen dasselbe große Opfer. Sie können die Gewißheit haben, daß Ihr Bruder nicht umsonst fiel. Sein Opfer, sowie das vieler anderer tausender Soldaten ermöglichen erst den Sieg Deutschlands und später ein friedliches, glückliches Vaterland.

Seien Sie versichert, daß die Kameraden, die in diesem Existenzkampf unseres Volkes das größte Opfer gebracht haben, von uns niemals vergessen werden. In stolzer Trauer sollen Sie Ihren Bruder in Erinnerung halten.

H e i l H i t l e r !

Kreisleiter.

Die Todesnachricht von Martin Kragl, einem Bruder meiner Mutter.

Die Mutter verlor drei Brüder

Es begann wiederum ein Jahr voller Arbeit und Sorge um die an den Kriegsschauplätzen kämpfenden Angehörigen mit seinem gewohnten Ablauf. Da die meisten Männer eingerückt waren, mussten die Frauen auch die starke Arbeit in der Landwirtschaft verrichten. Die jüngere Generation, zu der auch meine Mutter gehörte, musste kräftig zupacken bei der Heu- und Getreideernte und so manch anderer Tätigkeit während des Jahres. Dazu kam der Schmerz meiner Mutter über den Verlust von drei ihrer Brüder. Schon im August 1940 erhielt sie die traurige Nachricht vom Tod ihres Bruders Martin. Wenig später verlor auch Leopold, mein Taufpate, in diesem sinnlosen Krieg sein Leben. Es schaudert mich heute noch wenn ich an das durchschossene, vom Blut getränkte Soldatenbuch meines Taufpaten denke, das er in der Brusttasche eingesteckt hatte und das meiner Mutter gemeinsam mit der Todesnachricht zugesandt wurde. Er sollte den Hof des Ehepaares Kern das „Meislgut" in Rechberg übernehmen.
Er hinterließ seine Braut, die bereits ein Kind von ihm erwartete. Obwohl das Kind vom Hoferben war, gab es später keinerlei Anerkennung, geschweige das ihm zustehende Erbe. Nach einigem hin und her übergaben die Meislleute ihr Gut einer Schwester des Gefallenen. Als besonders schmerzlichen Verlust betrachtete die Mutter, dass auch ihr Lieblingsbruder Anton nicht mehr zurückkehrte. Er galt als vermisst, was aber soviel wie tot bedeutete. Er hätte sich, wenn es ihm irgendwie möglich gewesen wäre, bestimmt gemeldet. Es war immer ein trauriger Anblick, wenn ich mit meiner Mutter das Grab am Friedhof in Windhaag besuchte und die zwei Kreuze aus Birkenholz sah, die an den Tod meines Onkels Martin und meines Taufpaten Leopold erinnerten. Wir konnten unsere Tränen nicht unterdrücken so wie auch viele andere Friedhofsbesucher, die ihre Toten zu beklagen hatten. Es gab kaum ein Grab an dem nicht ein oder mehrere Birkenkreuze aufgestellt waren. Das beste Mittel diese

Mein Taufpate Leopold Kragl,

der Priester, der mich getauft hatte.

Durch die Gnade Gottes bin ich, was ich bin (1 Kor. 15, 10).

Johann Daxecker

Zum Priester geweiht in Linz am Feste der Apostel Petrus u. Paulus. Primiz in Ranshofen am 4. Juli 1938.

+

Herr, Du rufest, ich gehorche.
Deine Huld ist mir erschienen!
Dir allein und Deiner Mutter
Soll mein künftig Leben dienen!
(Jakob Balde.)

schmerzlichen Verluste leichter zu ertragen war die Arbeit. Arbeiten von früh bis spät, das war damals die Devise. Da sich die Großmutter um meinen kleinen Bruder kümmern musste, begleitete ich die Mutter bei ihrer Arbeit von einem Bauern zu anderen.
Zur Mithilfe war ich mit drei oder vier Jahren noch zu jung, deshalb verbrachte ich viel Zeit mit den Kindern der Bauersleute. Es entwickelten sich dabei Freundschaften, die lange anhielten.

„Auf's Jahr wann ma nu lebn'"

„Auf"s Jahr wann ma nu leben', mach' ma dös anders" pflegte meine Mutter des Öfteren während eines Jahres zu sagen.
Ein weiser Ausspruch, der darauf hinweist, dass vieles verbessert und anders gemacht werden könnte. Eine Erfahrung die davon zeugt, dass alles Tun und Denken einer steten positiven Veränderung unterliegt. Kurz gesagt, man lernt nie aus und die Praxis zeigt Wege zur Vereinfachung und Rationalisierung. In meiner Kindheit waren die tägliche Arbeit und das Zusammentragen von Futter für die Haustiere und das Sorgen für die Familie mit viel Mühsal und Plagerei verbunden. Da musste Grünfutter für die Ziegen von steilen „Gstötten", die Bauern den so genannten Häuslleuten zum Abernten überließen, mit dem Schubkarren oft einige Kilometer weit nach Hause gebracht werden.
Wegen der Steilheit dieser Grasflächen war das Mähen mit der Sense eine nicht ungefährliche Arbeit, bei der man darauf achten musste, nicht auszurutschen um sich nicht eine böse Schnittverletzung zuzufügen. Als zusätzliche unangenehme Nebenerscheinung galten die Schlangen, die sich die steilen Hänge als Schlaf- und Sonnenlager ausgesucht hatten. Es kam nicht selten vor, dass ein solches Geschöpf, vor denen ich als Kind panische Angst hatte, mir über die Füße kroch, was einen Schreckensschrei meinerseits zur Folge hatte. Da man ja bei der

Heuarbeit im Sommer stets barfuss zu Werke ging, war stets Vorsicht geboten, um nicht einer Kreuzotter, die auch ihr Sonnenlager auf so mancher Südseite der steilen Bergwiesen aufgeschlagen hatte, zu nahe zu treten. An ein Missgeschick, das beinahe tragisch ausgegangen wäre, erinnere ich mich noch ganz genau. Ich war drei Jahre alt und begleitete meine Mutter stets bei ihren Arbeiten sowohl beim Heueinbringen als auch bei der Abernte der Kartoffel- und Krautäcker, die wir auch von den Bauern zur Verfügung gestellt bekamen.
Für diese so genannten Leihäcker mussten die Häusler tageweise den Bauern bei der Erntearbeit helfen. An einem heißen Junitag machten wir uns auf, die Leitner-Gstötten abzumähen. Eine von den ganz steilen, die man besser auf allen Vieren betreten sollte. Meine Mutter sagte oft: „Jetzt bräuchte man halt einen kürzeren Fuß um gerade stehen zu können!“ Die Mutter beschwor mich förmlich ja schön unten zu bleiben während sie die mühevolle Arbeit des Mähens begann. „Bleib“ schön sitzen damit ich dich nicht verletze!“, sagte sie noch fürsorglich und wetzte kräftig die Sense. Aber unternehmungslustig wie ich war, juckte es mich in den Beinen, den steilen Hang hinauf zu klettern, um die schönen roten Erdbeeren zu erhaschen, bevor sie von der Sense der Mutter abgeschnitten und unauffindbar im gefällten würzig duftenden Gras verschwinden würden. Hurtig sprang ich auf und schon hatte ich die köstlichen Beeren erhascht um sie genüsslich zu verzehren. Dies geschah zu meinem Unglück hinter dem Rücken der Mutter und als sie mit der Sense kräftig ausholte um mit Schwung das zähe Gras zu fällen, rutschte ich auf dem trockenen Boden aus und wurde von der Sensenspitze am Fuß erwischt. Eine tiefe Schnittwunde an der Fußsohle, die heftig blutete, war die Folge. Die Mutter erschrak und band mir ihr Kopftuch um den blutenden Fuß. Vorerst brachte ich vor Schreck keinen Laut heraus, aber als die Wunde fürchterlich zu schmerzen begann, konnte ich meine Tränen nicht mehr unterdrücken. Die Mutter fuhr mich mit dem Schubkarren nach Hause und ängstigte sich, weil sich das Blut nicht stillen ließ. Da kam die Großmutter zu

Hilfe, die sich sehr gut mit Hausmitteln auskannte, denn Geld für einen Arztbesuch war ohnehin nicht vorhanden. Sie wusch mir die Wunde mit Essigwasser aus, gab einen Patzen Schweinefett darauf und legte mir einen dicken Verband an. Die Großmutter war eine kluge Frau und tröstete mich mit den Worten: „Bis zum Heiraten wird's scho wieder guat!“ Den Rest des Tages musste ich meinen Fuß ruhig halten um ein neuerliches Bluten zu vermeiden. Einige Tage später hüpfte ich nun auf einem Bein durch die Gegend bis die Wunde so weit verheilt war, dass ich vorsichtig mit dickem Verband und einem alten Socken leicht auftreten konnte. Die Mutter war heilfroh, dass die Sache so gut ausgegangen war. Es wäre nicht auszudenken gewesen, wenn ich kopfüber abgerutscht wäre und die Sense mich im Gesicht oder am Hals erwischt hätte.
Einmal musste ich meine kindliche Unternehmungslust und Hilfsbereitschaft noch bitter bezahlen. Es war bereits Herbst und an einem sonnigen Septembertag nahm mich meine Mutter zum Kartoffelgraben mit. Es war ein gutes Erntejahr und die gelben und blauen Kartoffelknollen purzelten eine nach der anderen unter der Haue der Mutter hervor. Zuerst gefiel es mir gemeinsam mit der Großmutter die vielen Kartoffel einzusammeln und in einen Weidekorb dem so genannten „Erdäpfelsumper“ hinein zu schmeißen. Aber insgeheim wollte ich auch das Ausgraben versuchen. Gedacht getan, als die Mutter das Werkzeug einen Moment weglegte um etwas zu trinken, hatte ich die Haue schon gehascht und versuchte die herrlichen Kartoffelknollen aus der Erde zu graben. „Lass das sein, du hackst dir ja die Zehen ab.“, sagte meine Großmutter ängstlich. Ich ließ mich nicht beirren und hatte tatsächlich schon einige große Kartoffel zum Vorschein gebracht. Wieder holte ich kräftig zum Schlag aus und traf in meinem sorglosen Eifer tatsächlich die kleine Zehe meines rechten Fußes. Ein Schrei und die Haue flog in hohem Bogen zur Erde. Die Mutter eilte herbei und schimpfte: „Warum musst du denn alles in deine Händ' hab'n wannst weißt, dass du dir alleweil weh tust!“

Ich krümmte mich vor Schmerzen und weinte bitterlich. Diese Aktivität musste ich bitter bezahlen, denn zu allem Unglück begann die Wunde zu eitern und verklebte derart, dass ich mir aus Angst vor den Schmerzen den Verband einfach nicht entfernen ließ. Am dritten Tag wurde die Zehe schon ganz blau und die Mutter und die Großmutter begannen auf mich einzureden, wenn ich mir den Verband, den man damals als „Fetzen" bezeichnete, nicht abnehmen ließe, müsste ich sterben. Ich ließ niemanden an meine Wunde heran, denn Sterben das sagte mir als vierjährige wenig. Ich hatte nur panische Angst, dass die tobenden Schmerzen noch stärker würden. Geschwächt, vom Fieber geplagt und todmüde schlief ich auf der Hausbank ein. Ich schlief so tief, dass es mit viel Gefühl meiner Mutter gelang, mir den Verband vorsichtig zu entfernen. Sie wusch mir die Wunde mit Honigwasser aus und gab mir eine Schwarzwurzelsalbe darauf, um die drohende Blutvergiftung abzuwenden. Als ich aufwachte waren die Schmerzen fast verflogen und ich fühlte mich wie in einer anderen Welt. Ich fragte meine Mutter ob ich gestorben sei weil meine Zehe fast nicht mehr wehtat. Die Mutter sagte sichtlich erleichtert: „Du hast noch einmal Glück gehabt!" Damals hätte wirklich nicht mehr viel gefehlt und ich wäre als Engel dem irdischen Leben entflogen. Es war völlig normal, dass man auch bei derartigen Verletzungen keinen Arzt zuzog. Ein großes Vertrauen auf Gott, mit dessen Hilfe ja alles wieder gut würde und natürlich die Armut zu dieser Zeit, waren wohl der Grund dafür. Denn wo sollte eine Häuslerfamilie ohne einen Verdiener, da ja der Vater im Krieg war, Geld hernehmen. Tagelang war oft kein Groschen Geld im Haus. Ich wundere mich noch heute wie es die Mutter geschafft hat aus ein paar Eiern, etwas Milch sowie Mehl und Grieß, falls diese Nahrungsmittel vorhanden waren, jeden Tag etwas auf dem Tisch zu bringen. Die Mutter und Großmutter halfen fleißig bei den Bauern, was immer es auch zu tun gab. Sie arbeiteten auf den Feldern, halfen die Kartoffel einzulegen, arbeiteten mit bei der Heu- und Getreideernte, bei der

Rüben- und Kartoffelernte, bis zum Drusch auf der Tenne, zuerst mit dem Dreschflegel dann mit der Dreschmaschine. Im Winter und Frühling hackten sie tagelang, bei oft noch sehr rauen Temperaturen hunderte Reisigbündel. An den langen Winterabenden saß die Mutter oft bis weit nach Mitternacht am Spinnrad um aus Schafwolle Garn für Socken und Westen zu spinnen. Oft lagen viele Bündel Schafwolle, die gewaschen und auseinandergezupft werden mussten, in der ohnehin kleinen Wohnstube. Bei dieser Arbeit mussten auch wir Kinder eifrig zupacken. Dieses Lohnspinnen, wie es die Mutter nannte, brachte der Mutter oft ein paar Schillinge ein und des Öfteren auch die notwendigen Lebensmittel wie Brot, ein Stück Butter, Äpfel und Nüsse oder sogar ein Lackerl Rahm und ein Stück Fleisch.
Es kann sich niemand vorstellen wie wertvoll damals die Nahrungsmittel waren und es wäre eine Sünde gewesen ein Stück Brot wegzuwerfen oder einen Apfel nicht anständig aufzuessen. Da durfte lediglich der Stängel übrig bleiben. Damals wurde jede Beere im Wald gepflückt und als willkommene Abwechslung daraus köstliche Mehlspeisen und Marmelade gemacht.

Das polternde Christkind

In dieser Zeit fiel auch so manches Weihnachtsfest äußerst bescheiden aus, ohne Geschenke und kaum etwas zu essen. Auch bei uns kam zu Weihnachten 1944 keine rechte Freude auf. An diesen Weihnachtsabend erinnere ich mich noch so genau obwohl ich erst drei Jahre alt war. Die Mutter holte eine Rübe aus dem Keller, schnitt sie zurecht und stellte den kleinen Christbaum hinein. Sie schmückte ihn mit Lametta, das wir von einem abgestürzten Flugzeug mitgenommen hatten. Dann hing sie noch ein paar Nüsse, die mit Seidenpapier eingewickelt waren und kleine rote Äpfel auf den Baum. Einige zur Hälfte abgebrannte Kerzen vom Vorjahr kamen auch noch dazu.

Ich hatte die Mutter schon lange nicht mehr so traurig gesehen wie an diesem Abend. Es war überhaupt nichts zu essen im Haus. Nicht ein einziges Stück Brot, kein Fleisch und auch kein Stäubchen Mehl. Traurig saßen wir beim Tisch, zündeten die Kerzen am Christbaum an und sangen: „Stille Nacht, Heilige Nacht". Als wir so dasaßen, polterte es plötzlich vor dem Haus. Wir erschraken und schon klopfte jemand heftig an die Tür. Der Großvater öffnete und sah zu seiner Freude den Holzer Sepp mit einem Rucksack am Buckel. Er führte ihn in die Stube, dort öffnete der Sepp sofort seinen Rucksack. Was da zum Vorschein kam löste bei uns echte Weihnachtsfreude aus. Er nahm ein Stück Fleisch, einen Laib Brot und eine Flasche Most aus dem Rucksack. Die Mutter bedankte sich bei unserem Wohltäter und sagte: „Sepp, dich schickt der Himmel, du bist heuer unser Christkind." Sofort kochte sie das Fleisch und wir hatten ein köstliches Weihnachtsessen. Von dieser Begebenheit die uns das Weihnachtsfest 1944 gerettet hat, sprachen wir jedes Jahr am heiligen Abend. So gut wie uns damals das gekochte Fleisch, das frische Brot und der Most geschmeckt haben, war unbeschreiblich, besser als heute jede Torte oder jedes Schnitzel. Schon die Tatsache, dass jemand an uns dachte und uns mit diesen Köstlichkeiten beschenkte, war es wert, jedes Jahr erwähnt zu werden. Das polternde Christkind war Symbol für die damalige Zeit am Ende des 2. Weltkrieges, wo Hunger und Not an der Tagesordnung standen. Gott sei Dank gab es auch Menschen wie die Holzer Familie die auch an die Notleidenden dachten.

Vaters Heimkehr im August 1945

Es war in den letzten Augusttagen des Jahres 1945. Der Krieg war zu Ende und nach und nach kehrten die Soldaten aus der Gefangenschaft heim.

Ich spielte im Garten mit meinem weißen Kätzchen als ich einen Soldaten aus dem angrenzenden Wald auf unser Haus zukommen sah. Beim näheren Hinsehen erkannte ich den Vater als Heimkehrer. Ich lief ihm sofort entgegen, denn seit der Geburt meines Bruders hatte ich ihn nicht mehr gesehen. Er nahm mich in die Arme und hob mich zu sich auf: „Mein Gott, bist du schon groß geworden“, sagte er. Meine Freude war grenzenlos und ich lief so schnell ich konnte ins Haus um der Mutter und den Großeltern von der Heimkehr meines Vaters zu berichten. Vor lauter Aufregung brachte ich nur Bruchteile eines Satzes heraus und rief: „Der Vater, der Vater, heimgekommen, schnell, draußen, kommt über die Wiese!“ Da konnte auch die Mutter nichts mehr aufhalten, sie eilte dem Vater voller Freude entgegen und rief: „Toni, mein Gott ist das ein Glück, dass du wieder da bist!“ Auch die Großeltern empfingen ihren Sohn mit überschwänglicher Freude: „Komm herein und ruh’ dich erst einmal aus, du wirst bestimmt hungrig und durstig sein.“, sagte die Großmutter. Mittlerweile stand die Mutter schon am Herd und bereitete Vater aus Eiern, Mehl und Milch ein großes Omelett zu. Dankbar und glücklich saß nun der Vater beim Stubentisch, aß die köstliche Speise und fing an zu erzählen. Die ganze Familie hörte ihm gespannt zu, auch mein kleiner Bruder Toni mit seinen 17 Monaten, der am Schoß der Mutter saß und den Vater anstarrte, weil er ihm fremd vorkam. Der Vater berichtete nun von seiner Entlassung aus dem Gefangenenlager und dem weiten Fußmarsch in Richtung Heimat.

Nach stundenlangem Gehen über holprige Schotterstraßen spürten er und sein Kamerad, der ihn begleitete, die Füße kaum mehr. Sie beschlossen in einem kleinen Dorf an der tschechischen Grenze zu

Vater als Soldat.

In der Nähe von Hamburg, Juni 1943.

übernachten und am nächsten Morgen mit neuen Kräften heimwärts aufzubrechen. So kamen sie zu einem Gasthaus und baten den Wirt um etwas Essen und eine Schlafgelegenheit. Der Wirt brachte den beiden einen Teller Suppe und erlaubte ihnen am Heuboden zu übernachten. Todmüde von dem langen Fußmarsch legten sich beide schlafen. Doch Vater konnte nicht einschlafen, eine innere Stimme sagte ihm, dass sie in großer Gefahr seien. Er weckte seinen Kameraden und teilte ihm seine plötzliche Unruhe mit: „Komm steh auf, wir verschwinden!", sagte der Vater zu seinem Begleiter. Dieser machte keine Anstalten aufzustehen, drehte sich um und schlief weiter.
Der Vater spürte, dass es höchste Zeit sei wegzulaufen um der Gefahr zu entkommen. Er zog sich rasch an, nahm seinen Rucksack und lief in den nahen Wald. Kaum war er einige hundert Meter vom Gasthaus entfernt, hörte er wie ein Auto ankam, deren Insassen laut nach den Heimkehrern fragten: „Wo sind die Männer!", schrie einer von ihnen den Wirt an. Dieser zeigte ihnen das Versteck am Heuboden wo Vaters Kamerad schlief. Ein Schuss fiel und Vater wusste, dass dieser seinen Kollegen gegolten hat. Das war den Männern aber nicht genug, denn der Wirt erzählte, dass es zwei waren die um Quartier baten.
Einer musste daher noch ganz in der Nähe sein. Mit Scheinwerfern suchten sie die Umgebung ab und ließen die Hunde los. Mein Vater musste alles mit anhören und starb fast vor Angst. Er hatte sich am Waldrand in einem Gestrüpp versteckt, lag flach am Boden und rührte sich nicht. Jetzt ist es aus mit mir, dachte er und fing leise zu beten an, dass die Gottesmutter ihn mit ihrem Schutzmantel zudecken möge, damit man ihn nicht finden könne.
Es war fast wie ein Wunder, denn obwohl die Scheinwerfer alles hell erleuchteten und die Hunde ganz nah an Vater vorbeiliefen, konnte man ihn nicht finden. Als endlich Ruhe einkehrte und die Gefahr vorbei zu sein schien, verhielt sich der Vater noch eine Weile ganz ruhig in seinem Versteck. Er brauchte einige Zeit, um sich von diesem Schreck zu erholen. Erst dann lief er so schnell ihn die Füße trugen

und konnte noch in der Nacht unbemerkt die Grenze überschreiten. Als er auf heimatlichen Boden war, wich allmählich der Schreck aus seinen Gliedern und obwohl er todmüde war, lief er über Wiesen und durch Wälder um eiligst nach Hause zu kommen. Für ihn war sicher, dass er seine wunderbare Rettung der Gottesmutter zu verdanken hatte. Sie erhörte seinen verzweifelten Anruf und gab ihm Schutz vor den Feinden. Immer wenn Vater von dieser wundersamen Rettung sprach, lief es mir kalt über den Rücken, denn es hätte nicht viel gefehlt und Vater wäre auch den Feinden zum Opfer gefallen wie sein Kamerad. Er sagte dann: „Ja, meine Zeit war eben noch nicht aus, deswegen bin ich jetzt bei euch."

Der seltsame Fremde

Während der Kriegsjahre war es Pflicht die Fenster zu verdunkeln um in der Nacht kein Ziel für Bombenangriffe zu sein. Es war nicht schwer das karge Licht der Petroleumlampen vor der Außenwelt zu verdecken. Jedoch wurde auch bei uns am Land in den Streudörfern mit vereinzelten Häusern und Bauernhöfen diese Anordnung streng befolgt. Daher galt es vorsichtig zu sein beim Benützen einer Laterne nachts im Freien. Meine Aufgabe war es täglich die Mutter zum außerhalb des Hauses liegenden Ziegenstall zu begleiten um ihr am Weg und beim Füttern und Melken der Ziegen zu leuchten. Dabei hatten wir einmal eine Begegnung, die uns einen gehörigen Schrecken einjagte. Es war am Silvesterabend 1946. Als ich das Haus verließ und mit der Laterne voraus ging, sah ich einen mir völlig fremden Mann in der Nähe der Haustür stehen. Ich erschrak als ich diese Gestalt, die sich an einem Zwetschkenbaum festhielt, erblickte. Ich blieb stehen und sagte zu meiner Mutter: „Schau da steht einer, ich habe Angst, komm gehen wir doch wieder ins Haus." Nun hatte auch die Mutter den Fremden am Gartenzaun bemerkt. „Bleib da stehen!", sagte sie zu mir und ging auf

den Fremden zu. Dieser hielt immer noch den Zwetschkenbaum fest umklammert. Die Mutter fragte ihn was er wolle und woher er komme. Der Mann jedoch sprach kein Wort und starrte vor sich hin.
Irgendwie kam er uns unheimlich vor und wir hatten Angst vor dem verwahrlosten Kerl. Trotzdem mussten wir zu den Tieren gehen, da blieb uns nichts anderes übrig, als an dem seltsamen Besucher vorbeizugehen. Ich schickte ein Stoßgebet zum Himmel, weil ich befürchtete, dass der Mann Böses im Sinn haben könnte. Die Mutter fragte ihn ob er etwas zu essen haben wolle. Der Fremde schüttelte den Kopf und sah uns mit großen Augen an. Als wir aus dem Stall zurückkamen, war der seltsame Mann verschwunden. Wir rätselten noch lange über die Herkunft und Identität des seltsamen Silvesterbesuchers, wie wir ihn später nannten. So wie er gekommen war verschwand er auch wieder und wir haben niemals erfahren wer er war und was er wollte. Wir sagten dann scherzhaft: „Es wird wohl das alte Jahr gewesen sein, das eine kleine Ruhepause bei unserem Zwetschkenbaum einlegen wollte bevor es sich verabschiedete."

Erlebnisse in der Besatzungszeit

Der schreckliche Krieg endete 1945. Es ging ein Aufatmen durch das verängstigte Volk. Doch als dann die russischen Soldaten unser Gebiet besetzten, kam gar Schlimmes über die ländliche Bevölkerung, die von den direkten Kriegserscheinungen in so mancher Hinsicht verschont geblieben war. Die Flugzeugangriffe lohnten sich nicht in den einschichtigen Gegenden in der unser Haus stand. Wir hörten zwar des Öfteren Schüsse und schwere Detonationen von Bombenabwürfen und Sprengungen aus dem doch weiter entfernten Städten und größeren Orten. Von einigen Flugzeugabstürzen im Gemeindegebiet waren wir auch nicht direkt betroffen. Doch nun trieben so manche russische Besatzungssoldaten ihr Unwesen, mit denen auch wir öfters unlieb-

Die Geldscheine während und nach dem Krieg.

same Bekanntschaft machen mussten. Das erste Erlebnis mit den Russen hatte ich gleich zu Beginn der Besatzungszeit.
Es war nicht bis in unser Dorf durchgedrungen, dass im Bezirksort Perg an diesem Tag Ausgangsverbot herrschte. Ahnungslos gingen meine Mutter und ich nach Perg um dringend notwendige Einkäufe zu tätigen. Als wir in das verbaute Gebiet am Ortsende kamen, bemerkten wir, dass alles ruhig, ja fast unheimlich war. Kein Mensch war zu sehen, ja sogar Katzen und Hunde bekamen wir nicht zu Gesicht.
Die ganze Sache kam uns reichlich sonderbar vor. Als wir vom Ziehberg kommend die Naarn entlang gingen und über die Holzbrücke den Fluss überqueren wollten, sahen wir zwei russische Soldaten in der Mitte der Brücke stehen. Wie vom Blitz getroffen hielten wir inne und getrauten uns weder einen Schritt nach vor noch zurück zu machen. Einer der Soldaten zog sofort seine Pistole und zielte auf uns.
Er streckte bereits die Hand aus um im nächsten Moment abzudrücken. Was dann geschah kann ich mir bis heute nicht erklären. Plötzlich riss ich mich von der Mutter los, die mich bis dahin festhielt, streckte meine Hände in die Höhe und lief auf die beiden Russen zu. „Nicht schießen, nicht schießen!“, bat ich mit meiner kindlichen Stimme. Meine Mutter stand noch immer regungslos da und war vor Schreck unfähig mich zurückzurufen. Mein Auftritt als vierjähriges Mädchen beeindruckte die Russen derart, sodass der Schütze einen Moment zögerte sein Vorhaben, uns zu erschießen, in die Tat umzusetzen. Sein Kamerad, den mein Mut noch mehr imponierte, gab ihm nun zu verstehen, er sollte uns doch laufen lassen. Daraufhin blickte er mir tief in die Augen und schüttelte den Kopf. Endlich war er bereit uns am Leben zu lassen und steckte seine Pistole wieder ein. Ich lief zu meiner Mutter zurück, nahm ihre Hand und wir gingen so schnell wir konnten nach Hause. Ich zitterte noch am ganzen Körper als der Vater uns fragte warum wir schon wieder zu Hause wären. Die Mutter erzählte von unserer gefährlichen Begegnung und meinem mutigen Auftreten, das uns wahrscheinlich das Leben gerettet hat.

Woher ich als vierjähriges, eher schüchternes Mädchen die Courage hernahm, ist mir bis heute ein Rätsel geblieben. Eines aber ist sicher, es waren nicht alle Russen böse, manche hatten – wie in unserem Fall – auch ein Herz für wehrlose, unterlegene Mitmenschen.
Es gab auch Kinderliebende unter den russischen Soldaten. Ich erinnere mich an einen ganz besonders feschen, groß gewachsenen Soldaten, der zu Vater in die Werkstatt kam, um seine Stiefel reparieren zu lassen. Der Vater richtete ihm die Stiefel sogleich, damit sie der Besitzer wieder anziehen konnte. Einstweilen saß der nette Russe bei uns auf der Hausbank, nahm mich auf den Schoss und schenkte mir ein Stück Brot und 3 Stück Zucker. Ich freute mich und lächelte ihn dankbar an. „Solche sollte es mehr geben.“, sagte mein Vater und sah dem Soldaten noch nach.

Die Schlange im Keller

An eine ganz seltsame Begegnung mit zwei dieser brutalen Frauenjäger erinnere ich mich noch sehr genau. Es war Herbst und die Zwetschken waren so richtig knackig und ideal zum Naschen. Da besuchten uns wie so oft zwei Russen und suchten nach Frauen. Als sie die reifen Zwetschken sahen, schüttelten sie den Baum so heftig, dass sämtliche Früchte zu Boden fielen. Gierig aßen die beiden von den noch nicht vollreifen Zwetschken und konnten gar nicht genug bekommen. Mit ihren schweren Stiefeln zertraten sie die restlichen Früchte, sodass wir keine einzige mehr genießen konnten. Der Hunger nach frischem Obst war bei den Beiden gestillt und nun wollten sie auf der Stelle Frauen. Sie fragten den Vater forsch: „Wo Frauen, du zeigen, schnell sonst du tot!“ Der Vater erschrak wegen diesem Ansinnen der beiden Russen und sagte: „Nix Frauen, ich bin alleine zu Hause.“ Er befürchtete aber, dass die Kerle zu suchen beginnen würden und dabei die Mutter, die sich im Erdkeller versteckt hatte, finden könnten.

Doch plötzlich begannen sie unruhig hin und her zu gehen und hielten sich den Bauch. Die von der Sonne gewärmten Zwetschken zeigten Wirkung und begannen im Darm der beiden ungebetenen Gäste unruhig zu werden. Ohne etwas zu sagen liefen sie wie von einer Tarantel gestochen dem Wald zu, kamen aber nur mehr auf eine angrenzende Wiese. Es ging alles so schnell, die Hose wurde eilig heruntergerissen und schon begann sich der Darm zu entleeren. Die noch nicht verdauten Zwetschken hatten es eilig wieder ins Freie zu kommen und flogen spritzend und krachend ins Gras. Den beiden Russen, die eigentlich auf Frauenjagd aus gewesen sind, war nun die Lust an diesem Vorhaben vergangen und sie schlichen eilends durch den Wald davon. Der Vater konnte sich nun das Lachen nicht mehr länger zurückhalten, zu sehr vergönnte er den beiden Zwetschkendieben das „Gschaftige Katherl“ wie man früher auch den Durchfall nannte. „Recht geschieht ihnen, warum mussten sie die Zwetschken so hastig in sich hineinfressen, nun haben sie die verdiente Strafe bekommen.“, sagte er mit einer gewissen Schadenfreude in seiner Stimme.
Diesmal waren die Frauen noch einmal ungeschoren davongekommen. Die Ruhe sollte aber nicht von längerer Dauer sein, denn einige Tage später waren wieder zwei dieser brutalen Frauenjäger unterwegs. Bei unserem Nachbarn gab es einige hübsche, junge Mädchen.
Es gelang ihnen meistens zu fliehen oder sich in den Räumen der Mühle und des Sägewerks zu verstecken. Doch an diesem Tag hatte eines der Mädchen die Gefahr zu spät erkannt, sodass sie von den Russen gesehen wurde und sogleich rannten sie ihr hinterher. Das Mädchen bat meinen Vater sie zu beschützen. Aber weder er noch ein herbeigeeilter Bauer, der gerade vom Feld kam und eine Peitsche in der Hand hatte, konnten ihr helfen. Die beiden weibstollen Soldaten schlugen meinem Vater und den Bauern den Gewehrkolben über den Rücken. Das Mädchen rannte unterdessen dem Wald zu. Es hatte unwahrscheinliches Glück, dass sie von den Schüssen, die ihr ein Russe nachfeuerte nicht getroffen wurde. Da nun das Mädchen nicht

mehr zu erreichen war, suchten die Männer bei uns nach Frauen.
Die Großeltern machten sich vor dem Eingang des Erdkellers zu schaffen um die Mutter, die sich darin versteckt hatte, auf die Gefahr aufmerksam zu machen. Als ein Russe dadurch argwöhnisch wurde, eilte er herbei, stieß die Großeltern zu Boden und entdeckte die Kellertür. Beim hastigen Eindringen stieß er mit dem Kopf gegen den steinernen Türrahmen und schlug sich eine riesige Beule. Fluchend hielt er kurz inne, doch als er weitergehen wollte, kam ihm eine große Ringelnatter entgegen und schlängelte sich seinen rechten Fuß hinauf.
In diesem Erdkeller waren Nattern, Eidechsen, Kröten und Feuersalamander ständige Bewohner. Damit hatte der Russe nicht gerechnet und er erschrak. Er sprang nun von einem Fuß auf den anderen im Kreis herum wie Rumpelstilzchen ums Feuer. Die Mutter starb inzwischen fast vor Angst. Der Russe begann unverständliche Fluche auszustoßen. Davon ließ sich das Reptil jedoch nicht beirren und schlängelte sich bedrohlich immer weiter am Bein hinauf. Schließlich schoss der sichtlich verängstigte, der ansonsten brutal über Frauen herfiel und sie vergewaltigte, einige Male in den Lehmboden des Kellers. Die Schlange aber hielt an ihrem Vorhaben fest und kletterte immer höher der Leibesmitte des Russen zu. Völlig verstört lief er mit der Schlange am rechten Bein ins Freie, zog ein Messer und stach auf das Tier ein. Endlich sah auch die Schlange ein, dass es nun besser sei, das Weite zu suchen, was sie dann auch tat. Der Russe aber lief so schnell er konnte zu seinem Kameraden, der bereits aus dem Weg zum Nachbarhaus war.
Das Erlebnis in unserem Keller reichte aus, um die Mutter in Ruhe zu lassen. Diese konnte das Geschehen noch gar nicht fassen, war doch der brutale Vergewaltiger lediglich zwei Schritte von ihr entfernt gewesen, bevor ihm die Schlange den Appetit auf eine Frau gründlich vergällt hatte. Die Mutter duldete fortan die ungebetenen Kellergäste, denen sie früher nicht so gut gesinnt war, verdankte sie ihnen doch schließlich die Rettung vor diesem weibstollen Gesellen. In diesen

beiden vorangegangenen Fällen, gelang es der Mutter und der Nachbarstochter der Gefahr zu entgehen. Doch leider hatten unzählige Frauen und Mädchen weniger Glück und bekamen die Gewalt der des Öfteren auch betrunkenen Unholde zu spüren. Die brutalen Kerle zerrten ihre Opfer aus dem Haus, brachten sie in eine Scheune oder in den Wald, rissen ihnen die Kleider vom Leib und vergewaltigten sie auf brutale Weise. Sie nahmen keine Rücksicht auf das Alter der Frauen, es war ihnen keine zu jung oder zu alt. Manchmal mussten die bedauernswerten Opfer ärztliche Hilfe in Anspruch nehmen. Es entstanden auch viele ungewollte Schwangerschaften, die zu illegalen Abtreibungen führten. Die so genannten Engelmacherinnen hatten viel zu tun. Da diese auch mit rostigen Stricknadeln zu Werke gingen, musste so manches junge Mädchen und so manche Frau diesen Eingriff mit dem Leben bezahlen.

Die Vergewaltigungen hinterließen oft bleibende Schäden sowohl am Körper als auch an der Seele, was in manchen Fällen sogar zum Selbstmord führte.

Es war sinnlos den Frauen zu Hilfe zu eilen, wenn sie von den Russen einmal erwischt wurden gab es keine Gnade. Jeder der sich den Vergewaltigern, die sich oft schlimmer als ein wildes Tier gebärdeten, in den Weg stellte, riskierte sein Leben. Um einer Frau habhaft zu werden, scheuten sie auch nicht davor zurück, einen brutalen Mord zu begehen.

Mit der Zeit griffen die Frauen zu eigenen Methoden um die Kerle abzuschrecken. Sie hüllten sich in zerlumpte Kleider, schwärzten sich das Gesicht mit Russ und bewegten sich wie uralte Frauen. Manche legten sich ins Bett, zündeten eine Kerze an und stellten ein Kruzifix dazu. Die Angehörigen versicherten mit gespielter Sorge, dass das Mädchen sterbenskrank sei. In solchen Fällen verließen die Mädchenjäger fluchtartig das Haus um sich mit der Krankheit nicht anzustecken. Die Besatzungssoldaten jagten nicht nur nach Frauen sondern gingen auch sonst brutal ans Werk. Auf der Suche nach

Wertsachen durften sich die Überfallenen keineswegs wehren, um nicht auf der Stelle erschossen zu werden. Auf ihren Raubzügen nahmen sie mit, was nicht niet- und nagelfest war. Eine versperrte Tür oder Truhe stellte kein Hindernis dar, sie wurde eingeschlagen oder aufgebrochen.

Eine traurige Geschichte auf Grund einer versperrten Haustür spielte sich in einem Bauernhaus in der Gemeinde Windhaag ab. Da die Haustür versperrt war, begannen die Russen wild dagegen zu treten. Die Bäuerin wollte grade öffnen, als die ungeduldigen Plünderer auf die Tür schossen und sie von zwei Schüssen tödlich getroffen wurde. So musste die Bäuerin ihre Bereitschaft den Männern Einlass zu gewähren mit dem Leben bezahlen.

Es gab auch immer wieder Fälle, in denen ein Familienvater oder Altbauer einfach mitgenommen und in ein Arbeitslager nach Sibirien oder in ein anderes russisches Gebiet verschleppt wurde. Lange haben die meisten, die auf sie zugekommenen Anstrengungen, nicht überlebt, vielfach erhielten die Angehörigen nach einigen Monaten oder nach einigen Jahren die Todesnachricht.

Die schreckliche Zeit der Russenherrschaft dauerte einige Jahre, bis sich die Lage beruhigt hatte und die Anzahl der Besatzungssoldaten verringert wurde. In den fünfziger Jahren merkte man kaum mehr etwas von den Soldaten. Lediglich beim Überschreiten der Demarkationslinie musste man den Identitätsausweis vorzeigen.

Die Kuckucksuhr und die Weihwasserflasche

An eine Begebenheit im Zuge der Plünderungen und Raubzüge während der Russenzeit erinnere ich mich auch noch öfters.
Es war ein Regentag und wir hielten uns in der Stube auf, als wieder einmal zwei russische Soldaten auf das Haus zustürmten. Mit einem kräftigen Tritt öffneten sie die Stubentür, stürzten sich auf sämtliche Kästen und Laden in der Schlafkammer um nach Wertsachen zu suchen. Als sie erfolglos wieder die Stube betraten, riss einer den Deckel der alten Truhe auf und warf sämtliche Wäsche- und Kleidungsstücke auf den Boden, um mit seinen dreckigen Stiefeln darauf herum zu stampfen. Schweren Herzens mussten wir dabei zusehen. Da sie so gar nichts fanden, gerieten die beiden Plünderer in Rage, packten den Vater und drückten ihm die Kehle zu.
„Wo du versteckt alles!“, schrie einer wütend. Da musste der Vater wohl oder übel ein paar neue Stiefel, die er für einen anständigen Russen angefertigt hatte, herausgeben. Er war froh, wenigstens mit dem Leben davongekommen zu sein, denn der zweite Plünderer hatte ihm die Pistole an die Schläfen gesetzt. Schon dachten wir die Kerle würden mit dem Diebsgut das Haus verlassen, doch da irrten wir gewaltig, nun ging es in der Stube von neuem mit dem Suchen los. Sogar das wenige Geschirr in der Kredenz warfen sie auf den Boden und wir konnten froh sein, dass das meiste aus Email und Aluminium bestand und somit ganz blieb. Endlich schickten sie sich an zu gehen, doch im letzten Moment bemächtigte sich einer unserer Kuckucksuhr, die über der Kammertür hing. Schon wollte er damit abziehen, als sich plötzlich das kleine Türl öffnete, der Kuckuck heraussprang und lauthals zu schreien begann. Darüber erschrak der Russe derart, dass er die Uhr zu Boden warf und auf den Kuckuck schoss. Diese Attacke überstand unsere geliebte Uhr nicht, der Kuckuck jedoch war heil geblieben. Ich bewahrte ihn lange zur Erinnerung an diese schlimmen Nachkriegsereignisse auf. Über eine lustige Begegnung mit zwei

Vor- und Zuname: Herta Kunse
Ort und Tag der Geburt: Windhaag 2.2.1941
Staatsbürgerschaft: Österreich
Stand (ledig, verh., gesch., verw.): ledig
Beruf: Schülerin
Wohnort: Windhaag
Körpergröße: 164 cm
Gesicht: rund
Farbe der Augen: braun
Farbe der Haare: rotbraun
Besondere Kennzeichen: keine
Perg, 13.5.1955
Ort und Datum der Ausstellung
Unterschrift des ausfertigenden Beamten
Herta Kunse
Unterschrift des Inhabers
Signature of the bearer
Signature du Titulaire
Подпись владельца

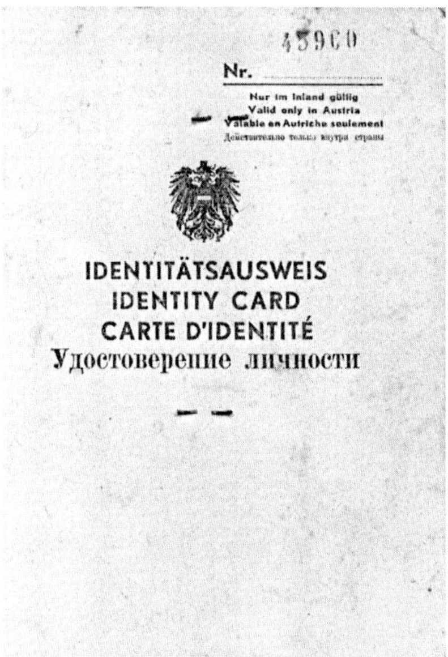
Nr. 43960
Nur im Inland gültig
Valid only in Austria
Valable en Autriche seulement
Действительно только внутри страны
IDENTITÄTSAUSWEIS
IDENTITY CARD
CARTE D'IDENTITÉ
Удостоверение личности

Mein Identitätsausweis.
Den musste man beim Überschreiten der Demarkationslinie voweisen.

Russen, die wieder einmal ins Haus stürmten und mitnahmen was ihnen gerade in die Hände fiel, sprachen wir auch nach dieser unheilvollen Zeit noch öfters. Nachdem sie in der Stube und Schlafkammer alle Kästen und Laden durchwühlt und alles auf den Boden geworfen hatten, entdeckte einer die Flasche mit Weihwasser, die oben auf dem Küchenkastl stand. In der Annahme, es würde sich dabei um Schnaps handeln, schnappte er sich die Flasche und nahm einen kräftigen Zug daraus. Als er merkte, dass es kein Alkohol war, warf er sie zu Boden und bedrohte meine Eltern, weil er dachte sie hätten ihn beschummeln wollen. Da nahm die Großmutter die Flasche, benetzte mit den spärlichen Rest des Weihwassers die Hand, machte sich ein Kreuzzeichen auf die Stirn und sagte: „Das ist Weihwasser zum Schutz vor Unglück und Bösem." Die Russen waren sehr verwundert, schüttelten den Kopf und verließen fluchtartig das Haus. Die Eltern sagten: „Die haben bestimmt gedacht, dass das etwas mit dem Tod zu tun hat, sonst wären sie nicht so schnell verschwunden". Das ausgeschüttete Weihwasser trocknete die Mutter mit Papier auf und warf dieses in den Ofen. Geweihte Dinge durfte man nicht einfach wegwerfen, diese mussten verbrannt werden. Früher war es der Brauch, dass man sich beim Fortgehen und sogar beim Schlafengehen mit Weihwasser ein Kreuzzeichen auf die Stirn machte um sich vor Unglück und Bösem zu schützen.

Bachmayer – Mädel

Gleich nach Kriegsende 1945 lernte ich zwei ganz entzückende Mäderl kennen. Sie hatten sich bei unseren Nachbarn in der Hintermühl einquartiert. Es handelte sich dabei um eine deutsche Familie, die sich vor den Russen verstecken wollte. Die Mädchen kamen jeden Tag zu unserem Haus und wir spielten dann gemeinsam im Garten.
Sie hatten viele schöne Kleider und Spielsachen, dergleichen ich noch nie gesehen hatte. Es beunruhigte mich, dass sie immer ängstlich fragten, ob sie bei uns ein Russe finden könnte. Oft liefen sie plötzlich weg und sagten: „Wir müssen uns verstecken weil der Russe kommt". Ich fragte sie einmal warum sie solche Angst vor den Russen haben. Da antworteten sie: „Der Papa sagt, wenn uns die Russen erwischen, werden wir alle erschossen." Nach ungefähr einer Woche wurden wir von vier Schüssen im Morgengrauen aufgeweckt. Zuerst getrauten wir uns gar nicht aus dem Haus zu gehen. Als jedoch nichts Verdächtiges zu hören war, wagten wir uns vor das Haus um nachzusehen, was geschehen war. Überall herrschte totale Stille, die fast unheimlich anmutete. Später erfuhren wir, dass die vier Schüsse der Familie Bachmayr gegolten haben. Der Vater erschoss aus Angst vor den Russen zuerst seine Frau und die zwei Mädchen und dann sich selbst. Mir taten die beiden Mäderl so leid, mit denen ich mich gut verstanden hatte. Immer wieder fragte ich die Mutter: „ Warum mussten die Mädchen und ihre Eltern sterben?" Die Mutter sagte: „Vielleicht ist es besser so, sonst wären sie wahrscheinlich von den Russen in ein Lager verschleppt worden und elend zugrunde gegangen." Die Familie wurde zuerst am Waldrand an einem stillen Ort begraben und einige Jahre später im Friedhof in Windhaag beigesetzt. Die Tragödie der Familie Bachmayr war natürlich auf die Ereignisse während des Krieges zurückzuführen, wobei der Vater auf Grund seines Ranges und seiner Gesinnung die Ankunft und Rache der Russen befürchten musste.

Die Umgebung unseres Wohnhauses

Ich hatte das Glück in einer wunderschönen Gegend aufzuwachsen. Unser Haus stand am Waldrand umgeben von saftigen Wiesen und fruchtbaren Feldern, in unmittelbarer Nähe der Nachbarhäuser Honeder und Wimmer (Payreder) und der Hintermühle, die damals in Besitz der Familie Brandstätter war. Ein altes Häusl aus Steinen und Lehm mit 200 m^2 Grund, auf den zwei Gemüsegärten und einige Obstbäume standen, war der ganze Besitz meiner Eltern. Das Haus selbst bot wenig Platz und bestand aus einer kleinen Wohnstube, zwei Schlafkammern, einen winzigen Vorhaus und einer Rauchküche, auch „schwarze Kuchl“ genannt, worin das wenige Fleisch von einem Schwein im Jahr geselcht wurde.
Der Dachboden diente als Trockenraum für Tabak, Eibisch- und Wermuttee und zum Teil als Lagerraum für Heu, Stroh und getrocknetem Laub. Zwei alte Truhen mit wertlosen Gebrauchsgegenständen, alten Büchern und Zeitschriften, weckten mein Interesse. Sobald sich eine Gelegenheit bot, kramte ich oft stundenlang darin.
Ein steiler Hang hinter dem Haus mit einer ebenen Fläche auf der ein Tisch und eine kleine Bank errichtet waren, diente uns zur Entspannung. Dort herrschte eine beschauliche Idylle. Der Gesang der Vögel, das leise Rauschen des unten vorbei fließenden Baches und der laue Wind, der mit meinen Haaren spielte, erweckten ein Gefühl der Geborgenheit und Ruhe, die nach den Wirren des Krieges und der Russenzeit, heilsam auf die Seele wirkte. Am „Berg“, so nannten wir den Hang, verbrachte ich so manche Stunde um zu lernen, zu handarbeiten oder in meinen Schulbüchern zu lesen.
Auf einer Anhöhe, östlich unseres Hauses, steht das altehrwürdige Kirchlein Altenburg. Oft ging ich mit den Eltern zu den Betstunden oder zum Gottesdienst am Tag des Kirchenpatrones, des heiligen Bartholomäus. Ein Besuch des Beinhauses neben der Kirche, wo zahlreiche Totenköpfe und Gebeine unserer Vorfahren zu sehen sind und

Meine Mutter vor dem Haus mit Katzen.

Das gesamte Brennholz musste mit der Handsäge abgeschnitten werden.

des Kalvarienberges mit der Kreuzigungsgruppe gehörten unweigerlich dazu. Die bestens erhaltenen Fresken in der Gruft waren damals schon eine Sehenswürdigkeit mit Seltenheitswert. Die Sonntagsspaziergänge mit Vater führten uns entlang des Baches vorbei an einigen Mühlen mit großen Wasserrädern und in die stillen Wälder, wo im Sommer und Herbst köstliche Beeren und Pilze uns erfreuten.

Ich erinnere mich gerne an die Blumenpracht auf den Wiesen entlang der Wege und Straßen. Von der damaligen Artenvielfalt haben bis heute nur wenige überlebt. Im Frühling war so manche Wiese am Bach übersät mit tausenden Frühlingsknotenblumen.

Die Waldränder zierten Leberblümchen, Hänsel und Gretel, Buschwindröschen, Veilchen und Schlüsselblumen. Am Bach leuchteten die gelben Dotterblumen und die Straßenränder zierte der Huflattich. Im Sommer erfreuten uns die Glockenblumen, der Bocksbart, die Pech- und Kuckuckslichtnelken, die Margeriten und das Knabenkraut. Dazu kamen die blauen Kornblumen, der rote Klatschmohn und die lilafarbene Malve in den Kornfeldern. Auf kargen Schotterböden wuchs die majestätische Königskerze, die man auch „Himmelbrand“ nannte, die blaue Wegwarte, der Rittersporn und die blasslilafarbenen Kaiserknöpfe. Der Herbst bescherte uns Wiesen mit der zarten Herbstzeitlos.

Es ist eher selten, dass wir in unserer Zeit all diesen Schönheiten noch begegnen. Viele davon sind von den Wiesen verschwunden und mit ihnen auch die bunten Falter, die von Blüte zu Blüte eilten. Wo sieht man noch einen Schwalbenschwanz, einen Apollofalter, einen Trauermantel oder ein Pfauenauge?

Ich kann mich glücklich schätzen, dass ich all diese Schönheiten der Natur in meiner Jugend als Begleiter durchs Jahr bewundern durfte. Im Winter kamen neben den Meisen, Finken, Gimpeln und Kleibern auch Nuss- und Eichelhäher, Buntspechte und Eichhörnchen zum Futterhäuschen am Gartenzaun. In dieser Umgebung, inmitten der Naturschönheiten, durfte ich meine Kindheit verbringen und obwohl während des Krieges und der Besatzung alles andere als rosig war, kann ich im Nachhinein sagen: „Es war trotzdem schön!“

Mein Teddybär Konrad

Als Kinder gab es für uns kaum Spielzeug, höchstens ein paar Tonkugeln zum Kugelscheiben sowie Holzstücke, Zapfen und Steine. „Deshalb war es für mich eine besondere Freude, als ich einen Teddy bekam. Eine ältere Frau aus der Stadt trug ihn in ihrem Rucksack mit sich, als diese zu uns ins Haus kam und um etwas Essbares bat. Die Mutter gab ihr einige Eier, ein Stück Brot und eine Flasche mit Ziegenmilch. Der Teddybär war so groß, dass sein Kopf aus dem Rucksack der Frau herausragte. Sie öffnete den Rucksack um die Lebensmittel einzupacken. Ich stand daneben und starrte den Teddy unaufhörlich an. Die Frau bemerkte wie sehr mir der Bär gefiel und schenkte ihn mir. Eine größere Freude hätte mir niemand machen können. Ich umarmte das flauschige Ding und rief: „ Danke, danke!“
Ich drückte den Teddy an mich und liebkoste ihn. Sofort holte ich das Leiterwagerl hervor, setzte ihn hinein und fuhr mit ihm spazieren. Meine Freude über den neuen Spielgefährten war so groß, dass ich auf alles andere vergaß. Ich streichelte sein graues, flauschiges Fell und nahm in zu mir ins Bett. Alles drehte sich nun um Konrad, so nannte ich meinen Teddy. Ich war so glücklich endlich einen Gefährten zu haben, den ich fürsorglich betreuen konnte.
An einem herrlichen Sommertag stellte ich das Leiterwagerl mit Konrad vor das Haus in ein schattiges Plätzchen. Die Mutter hatte mich gebeten, mit ihr in den Wald zu gehen, um Heidelbeeren zu pflücken. Bald waren unsere Gefäße voll mit den köstlichen Beeren und wir gingen rasch nach Hause. Sogleich lief ich zum Leiterwagerl um nach Konrad zu sehen. Da bemerkte ich zu meinem Entsetzen, dass dieser nicht mehr im Leiterwagerl schlief. Das war eine derartiger

Schock, dass mir fast das Herz stehen blieb. Nun begann ich fieberhaft nach Konrad zu suchen. Ich lief ins Haus und fragte die Großmutter, ob sie meinen Teddy gesehen hätte, doch die verneinte. Wieso war das Leiterwagerl leer, wer hatte den Teddy weggebracht? Ich rannte hin und her, rief verzweifelt nach Konrad und wurde fast wahnsinnig vor Sorge. Bei meiner Sucherei kam ich auch zu der Werkstatt meines Vaters, wo die Lehrbuben Rupp und Sepp arbeiteten. Als sie mich sahen, steckten sie ihre Köpfe zusammen, flüsterten etwas mir Unverständliches und fingen zu lachen an. „Was suchst du denn?", fragte Rupp und gab dabei Sepp einen Stoß mit dem Ellbogen, dass dieser fast vom Schusterstockerl fiel. Sepp fragte dann spöttisch: „Suchst du am Ende den gestrigen Tag, der ist weg, der kommt nicht mehr zurück." Die Burschen verhielten sich derart komisch, so dass ich langsam argwöhnisch wurde. Böses ahnend fragte ich nach Konrad. „Konrad, ja wer ist denn das, den kennen wir ja gar nicht", sagte Rupp spöttisch. Verärgert ging ich ins Freie und erblickte an der Hauswand etwas graues Flauschiges. Als ich näher trat, sah ich Konrad, besser gesagt das, was von ihm übrig geblieben war. Die Burschen hatten sich einen bösen Scherz erlaubt und meinem geliebten Teddy mit dem scharfen Ledermesser den Bauch aufgeschlitzt. Da lag nun sein wolliges Fell und daneben ein Häufchen Sägespäne, mehr war von Konrad nicht übrig geblieben. Ich war unendlich traurig, setzte mich auf den Boden zu den Überresten meines Teddys und weinte bitterlich. Ich fragte Rupp und Sepp warum sie meinen Bären zerstört haben. Sie aber lachten nur und gaben mir zur Antwort: „Was plärrst du denn so wegen dem grässlichen Vieh, das hatte ja sowieso Läuse und Flöhe!" „Das ist überhaupt nicht wahr!", verteidigte ich meinen geliebten Spielgefährten. Da kam der Vater und sah meinen jämmerlichen Zustand und auch die Überreste von Konrad. Er schüttelte den Kopf und tröstete mich. Mit den Burschen schimpfte er: „Habt ihr nichts besseres zu tun als das Spielzeug der Kinder zu ruinieren, ihr dummen Holzköpfe. Es wäre besser ihr würdet eure Arbeit anständig machen!“ Ich trauerte noch lange um meinen Konrad und konnte die Dummheit der Lehrbuben nicht verstehen. Von den beiden hatte ich genug und ging ihnen fortan aus dem Weg.

Der verhängnisvolle Blasiussegen

Am 3. Februar, dem Fest des heiligen Blasius, erteilt der Priester den so genannten Blasiussegen, der gegen Halskrankheiten vorbeugen soll. Dazu fällt mir eine kleine Geschichte aus meiner frühen Kindheit ein. Am Blasiustag ging ich mit der Mutter zum Gottesdienst in die Pfarrkirche nach Windhaag um den Blasiussegen zu empfangen.
Dazu knieten die Gläubiger vor dem Altar nieder. Da ich noch zu klein war durfte ich den Segen stehend empfangen. Der Priester hielt mir die brennenden Kerzen nahe ans Gesicht und sprach die Segensworte. Ausgerechnet in diesem Moment musste ich kräftig niesen und löschte dadurch die Kerzen aus. Ich erschrak und wusste nicht recht ob ich jetzt weglaufen oder stehen bleiben soll. Während mich die Mutter zurückzog, kam der Mesner und zündete die Kerzen wieder an.
Einige der frommen Frauen fingen an zu schimpfen über so einen ungezogenen „Balg“, womit sie natürlich mich meinten. Die Mutter schämte sich derart, dass sie nach dem Gottesdienst zum Pfarrer ging um sich wegen meines Missgeschicks zu entschuldigen. Diese lächelte und sagte: „Meiner Seel’, das ist doch weiters kein Unglück, was kann denn das Mäderl dafür, dass es gerade in diesem Moment niesen musste. Wenn nichts Schlimmeres passieren würde könnten wir froh sein:“ Nach diesen Worten des Herrn Pfarrers war die Mutter beruhigt und ich hatte keinerlei Strafe zu befürchten. Der Herr Pfarrer, Josef Uttenthaler, war zwar ein gestrenger aber auch gütiger Seelenhirt.

Die zerfressenen Schuhe

Botengänge zu den Kundschaften standen in meiner Kindheit an der Tagesordnung. Manchmal begleitete ich die Mutter oder den Vater und oft ging ich auch allein um Schuhe oder Wolle meistens bei den Bauern abzuliefern.

Ein verhängnisvoller Gang dieser Art ereignete sich kurz vor Weihnachten 1946. Mein Vater schickte mich am 23. Dezember zu einem Bauern für den er neue Schuhe angefertigt hatte.

Der Vater war sehr fleißig und saß den ganzen Tag über seine Arbeit gebeugt, am Schusterstockerl in einer Ecke der Wohnstube. Er hatte sich so beeilt um ja die Schuhe vor Weihnachten noch fertig zu kriegen, um ein wenig Geld für das Weihnachtsfest zu bekommen.

Ich freute mich schon so auf das Fest darum machte ich mich sogleich auf den Weg zum besagten Bauernhof. Es war um die Mittagszeit als ich mit den Schuhen den Hof betrat. Die Haustür stand offen und da kam auch schon der Wächter in Form eines riesigen schwarzen Hundes. Ich erschrak derart, dass ich die neuen Schuhe fallen ließ. Das war ein großer Fehler, denn der Hund ließ mich nicht mehr an die Schuhe heran. Er knurrte und zeigte mir drohend sein scharfes Gebiss. Sogleich begann er am Oberleder eines Schuhes zu kauen und im Nu war dieser zur Hälfte zerfressen. Endlich kam die Bäuerin aus der Küche. Sie sah den Schuh und schlug die Hände über den Kopf zusammen. „Meiner Seel bist du ein dummes Mensch, warum gibst du denn dem Hund den Schuh zum Fressen?“, fragte sie mich. Ich stotterte etwas von Furcht vor dem Hund, der so bedrohlich vor mir stand. Die Bäuerin gab mir nun den heilen und den zerbissenen Schuh zurück und schickte mich damit nach Hause. Als ich schon draußen im Hof war, rief sie mir noch spöttisch nach: „Geh’ zu deinem Vater und frag ihn, seit wann er die Frechheit besitzt, zerfressene Schuhe zu liefern.“ Ich drehte mich gar nicht mehr um und verließ schleunigst den Hof. Ich hatte panische Angst, der Hund könnte mir nachlaufen und über mich

herfallen. Kaum war ich am Weg vor dem Haus, kam auch das höllische Vieh schon gerannt, sprang mich von hinten an, so dass ich mit dem Gesicht nach unten im Schnee lag. Ich dachte so jetzt ist es aus mit mir und blieb regungslos liegen. Das war meine Rettung. Der Hund ließ tatsächlich ab von mir, bemächtigte sich allerdings des noch heilen Schuhs und lief damit ins Haus zurück. Es wäre sinnlos gewesen noch einmal in das Haus zu gehen um den Schuh zu holen. Daher lief ich schnell nach Hause, setzte mich auf die Ofenbank und weinte bitterlich. Als der Vater den zerfressenen Schuh sah, erschrak er.
„Was um Himmels Willen ist den passiert?“, fragte er mich. Ich brachte vorerst kein Wort über meine Lippen, zu tief saßen die Enttäuschung und die Scham über mein klägliches Versagen. Ich war so traurig und frustriert. Hatte mir doch der Vater die Schuhe anvertraut, damit ich sie ordentlich abliefern sollte und dann passiert mir so ein Missgeschick. Ich getraute mich nicht den Vater in die Augen zu sehen und weinte noch immer. Da nahm er mich bei der Hand und sagte: „Willst du mir nicht endlich erzählen, was mit den neuen Schuhen passiert ist?“
Ich erzählte nun von meinem Missgeschick mit dem kampflustigen Wachhund der Bauersleute. Der Vater schüttelte den Kopf und sagte zu mir: „Jetzt hör doch endlich auf zu weinen, davon werden die Schuhe auch nicht mehr ganz.“ Er nahm mich auf seinen Schoß, strich mir übers Haar und sagte: „Gott sei Dank, dass wenigstens dir nichts passiert ist. Das Hundsvieh hätte dich ja schrecklich zurichten können. Wahrscheinlich war es derart hungrig, dass es auffraß, was ihm zwischen die Zähne kam.“ Der Vater hatte sich bemüht, das beste Leder für die Schuhe zu bekommen und dafür sein letztes Geld ausgegeben. Es war also ein arger Verlust, gerade in dieser schweren Zeit, noch dazu einen Tag vor Weihnachten. Am heiligen Abend saßen wir nur da ohne Geschenke und das geplante Essen fiel auch weg. Dafür wäre das Geld für die Neuanfertigung der Schuhe vorgesehen gewesen. Am schlimmsten war für mich, dass Vaters Mühe und Arbeit umsonst gewesen waren. Dementsprechend bescheiden fiel nun das

Weihnachtsessen aus. Anstatt des köstlichen „Germschobers“, den die Mutter für uns machen wollte, gab es Brot, das zum Glück noch vorhanden war. Ich war so traurig, denn ich hatte mich so auf den Germkuchen gefreut. Da saßen wir nun um den kleinen Christbaum, zündeten die große Kerze bei der Weihnachtskrippe an und beteten den Rosenkranz. Wir ließen uns trotz allem die Eierspeise und ein Glas Ziegenmilch schmecken. Es sei erwähnt, dass die Bauersleute, dessen Hund die neuen Schuhe zerstört hatte, keinen Groschen an Entschädigung leisteten. Es gab auch kein Wort des Bedauern oder der Entschuldigung. Auf Grund dessen bemerkte die Mutter traurig:
„Wir sind eben Mausbemerl (arme Leute) und mit denen kann man sich halt alles erlauben. Die getrauen sich ja sowieso nicht aufbegehren oder sich zur Wehr zu setzen. Ich bin mir gewiss, wenn unser Hund die Schuhe zerfressen hätte, müssten wir den Leuten den Schaden bis zum letzten Groschen ersetzen.“
Es gab so manche Kunden, die ihre Kinder schickten, um die fertigen Schuhe abzuholen. Diese fragten erst gar nicht nach dem Preis sonder sagten schlicht und einfach: „Der Vater kommt eh' ins zahlen:“ Es war aber sehr ungewiss, wann und ob überhaupt der besagte Vater mit dem ausstehenden Geld vorbeikam. Es ging sogar soweit, dass manche ganz dreiste Zeitgenossen spöttisch bemerkten: „Es sei egal wenn man nicht bezahlt, denn am Ende könnte der Schuster das Geld versaufen.“ Über eine derartige Verleumdung, die völlig aus der Luft gegriffen war, ärgerte ich mich so, dass mir tagelang das Essen nicht schmeckte was in dieser Zeit eventuell nicht einmal von Nachteil war. Es muss an der Stelle aber auch gesagt werden, dass es trotzdem viele ehrliche Kundschaften gab, die sofort bezahlten. Die Tatsache, dass der Vater bei der Auflösung seiner Werkstatt wegen Arbeitsmangel, der aufgrund moderner Fabriksanfertigungen unvermeidbar war, noch eine beträchtliche Summe bei den Kunden zu fordern gehabt hätte, stimmt doch sehr nachdenklich. Zum Teil lagen die Schulden dieser unguten Zeitgenossen sehr lange zurück, sodass es unmöglich war, diese

einzufordern. Mir tat der Vater leid, der sich stets bemühte anständige Arbeit zu leisten und dann oft um seinen Lohn geprellt wurde. Meine Mutter pflegte dazu zu sagen: „Wenn diese Leute mit ihrem Gewissen leben können, falls sie überhaupt eines haben, dann ist es gut. Ich hätte da so meine Bedenken, wenn ich einmal mit dieser Last vor dem Richterstuhl Gottes treten müsste.“

Hühner in der Bauernküche

Ich erschrak nicht schlecht als mir beim Eintreten in die Küche eines Bauernhofes, bei einem meiner Botengänge, der Hahn entgegentrat. Ich wollte gleich wieder gehen, da kam auch schon die Altbäuerin und sagte: „Bleib nur da, der Gockel tut dir nichts, er passt nur auf seine Hühner auf.“ Ich bemerkte nun, dass am Rande des Küchengrandes, der als Wasserbehälter seine Verwendung hatte, der Reihe nach wie aufgefädelt acht Hühner saßen. Die Bäuerin sagte dann: „Weißt du Mädel im Winter dürfen sich die Hühner in der Küche aufhalten.
Der Verschlag im Hof, den sie im Sommer als Quartier benützen, ist zu dieser Zeit viel zu kalt, da würden mir die Viecherl ja glatt erfrieren.“ Die Hühner legten die Eier im Ofenwinkel, wo auch manchmal die kleinen Ferkel ihren Platz hatten. Sie mussten natürlich auch ihre Notdurft verrichten, was am Küchenboden, der mit Sägespänen bedeckt war, überall seine Spuren hinterließ. Das Vieh hatte in der damaligen Zeit einen hohen Stellenwert, da die Ernährung der Familie aus hofeigenen Produkten erfolgte. Die Haustiere wurden nicht ausgebeutet, sondern gut behandelt. So waren damals auch die Stallungen gegen Süden eingerichtet und der Wohnbereich befand sich auf der Nordseite.

Der blonde Engel

In meiner frühen Kindheit lernte ich ein bezauberndes Mädchen kennen, das ich lange Zeit als meinen blonden Engel verehrte.
Meine erste Bekanntschaft mit der so geheimnisvollen Schöne machte ich anlässlich eines Besuches bei ihren Eltern.
Meine Mutter und ich saßen gemeinsam mit den Bauersleuten um den großen Esstisch in der Stube und plauderten über die verschiedensten Begebenheiten. Es gab viel Neues zu erzählen bei einem Glas Most und einem Butterbrot. Ich durfte gerade einmal einen Schluck aus Mutters Glas nehmen, als jäh die Kammertür aufging und eine wunderschöne Gestalt in der Stube erschien. Sie trug ein schneeweißes langes Hemd und das lange gewellte, blonde Haar reichte ihr bis zu den Hüften. Diese Gestalt voller Anmut und Schönheit kam nun geradewegs auf mich zu. Ich wusste mit meinen vier Jahren nicht so recht, was jetzt geschehen würde und sah etwas ängstlich auf das Mädchen. Was nun passierte konnte ich bis heute nicht vergessen.
Die anmutige Gestalt, deren Bewegungen einem leichten Schweben glichen, nahm mich bei den Händen, zog mich behutsam zu sich, sah mir ganz tief in die Augen und gab mir einen zärtlichen Kuss auf die Stirne. Nie werde ich den Glanz in ihren tiefblauen Augen vergessen. Was mochte wohl in dem 17-jährigen Mädchen, das wegen einer geistigen Behinderung nie aus dem Hause gehen durfte, vorgegangen sein. Ein kurzes Aufleuchten in ihrer dunklen Welt, in der sie nie die Wärme der Sonne, den Duft und die Farbenpracht einer mit Blüten übersäten Sommerwiese, erleben konnte?
Ein Augenblick von Liebe und Zuneigung zu einem kleinen Mädchen, dessen Sympathie ihr nicht verborgen blieb? Ich betrachtete das Mädchen wie eine Erscheinung aus einer anderen Welt. Einer Welt ohne Hass und Unfrieden, aus der sie gerade in Gestalt eines Engels mir begegnete. Das Vronele, wie es ihre Eltern nannten, das zudem auch noch taubstumm war, verbrachte die Tage und Nächte in seiner Kammer. In der damaligen Gesellschaft gab es keinen Platz für

Vronele und ihres gleichen. Während des Krieges bestand die Gefahr, dass sie in ein Lager gebracht werden könnte, wo viele ihrer Leidensgenossen geringe gesagt unsanft aus dem Leben befördert wurden. Das mir so lieb gewordene Vronele wurde von ihren Eltern und Geschwistern liebevoll betreut und so angenommen wie es einem Familienmitglied zustand. Der blonde Engel, wie ich das Mädchen seit meiner ersten Begegnung nannte, starb leider schon sehr früh. Viel zu selten hatten wir Gelegenheit unsere Sympathie füreinander zu zeigen. Ich war unendlich traurig, als ich von ihrem Tod erfuhr.
Oft dachte ich an das Leuchten in ihren Augen und das geheimnisvolle Lächeln auf ihren Lippen. Nie mehr werde ich die schöne Gestalt, schwebend aus ihrer Einsamkeit kommend, bewundern können. Eine vom Schicksal benachteiligte Schönheit, die einem Engel glich.

Mein Freund Stampi

In meiner Kindheit gab es bei uns immer einige liebe Katzen, die einfach zum Haus gehörten um den Mäusen den Eintritt in die Wohnräume zu verwehren. Ein Hund als Wächter leistete stets treue Dienste. Zu einem meiner liebsten Gefährten zählte der kleine schwarz-weiß gefleckte Mischlingsrüde „Stampi“. Dieser begleitete mich seit meinen ersten Gehversuchen und beschützte mich vor allen, ihn nicht sympathisch erscheinenden Wesen, indem er sich knurrend und seine schneeweißen Zähne zeigend, vor mir aufstellte.
Er war so gutmütig, liebte Kinder und Katzen und tat in Wirklichkeit niemanden etwas zuleide. Wir waren unzertrennliche Freunde und „Stampi“ lief mir überall hin nach. Ich konnte mir gar nicht vorstellen, ohne meinen Hund auskommen zu müssen. Umso trauriger stimmte es mich als „Stampi“ eines Tages plötzlich wegblieb. Ich suchte ihn stundenlang, ging in den nahen Wald und rief seinen Namen, aber leider vergebens. Mein geliebter Freund war wie vom Erdboden verschluckt und allmählich trug im mich mit dem Gedanken, dass „Stampi“ etwas zugestoßen sein könnte. Es war ja überhaupt nicht seine Art so lange weg zu bleiben, noch dazu im Frühling, wo wir nach dem langen Winter wieder auf der Wiese gemeinsam spielten und herumtollten. Mittlerweile waren bereits zwei Tage vergangen, seit mein vierbeiniger Freund verschwunden war. Allmählich gab ich die Hoffnung auf dass er wieder kommen würde. Ich war unendlich traurig über diesen Verlust und hatte die Suche aufgegeben.
Es war Pfingstmontag als der Vater einen Spaziergang machte und bemerkte wie eine Schar Krähen beharrlich um eine Beute kreisten. Beim näheren Hinsehen bemerkte er, dass die Beute unser verschollener Hund „Stampi“ war. Ein Jäger hatte das gutmütige Tier erschossen, obwohl es Hasen und Rehe nicht einmal verbellte, geschweige denn hinter ihnen herlief. Der Vater trug den toten Hund nach Hause und begrub ihn am Waldrand. Erst später erzählte er mir, dass er Stampi

gefunden hat und ich nicht mehr nach ihm suchen soll. Ich weinte über den Tod meines Freundes und konnte die Schießlust und Herzlosigkeit des Jägers nicht verstehen. Ich fragte mich immer wieder warum der Hund allein weggegangen ist, das machte er doch sonst nie. Ich schöpfte den Verdacht, dass der Jäger ihn eventuell ganz nahe bei unserem Haus erschossen hat und ihn dann in den Wald brachte, um einen Grund für seine Tat vorzutäuschen. Wir konnten dies natürlich nicht beweisen und mussten uns eben mit der Tatsache abfinden, dass unser „Stampi“ einem verantwortungslosen Hundehasser zum Opfer gefallen war. Auf solche Abschüsse konnte der Weidmann wahrlich stolz sein, der gutmütige Stampi war wohl nicht zu verfehlen.
Dafür hatten Füchse und Marder freien Lauf um uns die Küken und Hühner zu stehlen. Es war auch gang und gebe, dass die Rehböcke unsere Obstbäume und Sträucher mit ihren Geweihen beschädigten und zerstörten. Dafür, dass wir uns deswegen nicht beschwerten ging es auch noch unserem Hund an den Kragen.
So waren damals die Gepflogenheiten, denen die Leute auf dem Land ausgesetzt waren.

Das Wenden

Die Kunst des Wendens übten in meiner Kindheit noch einige Frauen aus. Kränkliche Kinder, die sehr mager waren und keine Kraft besaßen um mit den Gleichaltrigen zu spielen, wurden meistens zur „Wenderin" gebracht um von dieser geheilt zu werden.
Da mein Bruder auch ein sehr zartes Bürscherl war und kaum etwas essen wollte, wusste sich die Mutter keinen Ausweg mehr, als mit ihm eine dieser Frauen aufzusuchen. Ein Grund mehr war auch die Behauptung der Großmutter, dass das Buberl den „Schwund" hätte. Ich ließ es mir nicht entgehen mitzukommen. Die Mutter schilderte der Frau die Beschwerden meines Bruders, dessen Arme und Beine spindeldürr waren. Schon als Kleinkind machte ihm das Gehen Beschwerden. Kaum war er ein Stück Weg mit uns gegangen, blieb er stehen, hob die Arme in die Höhe und sagte: „Tragen, tragen, Fussi-weh.", Dies alles berichtete die Mutter der Wenderin. Diese schaute meinen Bruder in die Augen, betrachtete seine Arme und Beine und schüttelte den Kopf. Sie stellte eine Kerze auf den Tisch, zündete diese an und begann unverständliches Gemurmel von sich zu geben. Darauf holte sie aus einer Schublade eine Dose mit einer Salbe und rieb damit die Arme und Beine meines Bruders ein.
Nun begann sie mit geheimnisvollen Bewegungen und Worten den vermeintlichen „Schwund" zu beschwören und zu vertreiben. Diese Prozedur dauerte wenige Minuten, dann war der Zauber vorbei. Beim Weggehen riet sie der Mutter meinen Bruder dazu zu bringen, dass er regelmäßig Nahrung zu sich nimmt. Vor allem Kuhmilch, frisches Brot und Obst. Die Mutter gab der Frau eine Kleinigkeit an Geld und wir gingen wieder nach Hause. Mein Bruder wirkte verstört und sagte kein Wort, auch nicht sein gewohntes „tragen, tragen, Fussi-weh".
Diesmal ging er zügig neben der Mutter her. Als wir nach Hause kamen, schimpfte der Vater, weil er von dieser dummen Zauberei der Wenderin halt so gar nichts hielt. Mir kam die Sache auch reichlich

komisch vor und ich hatte schon als Kind meine Zweifel an solchen Heilmitteln. Die erhoffte schnelle Besserung am Befinden meines Bruders ließ auch auf sich warten. Erst einige Jahre später begann er mehr zu essen und damit kam auch die Kraft in seine Arme und Beine, und erst da war der so genannte „Schwund“ besiegt.

Wallfahrten

Zur Zeit meiner Kindheit war es üblich, dass die ganze Familie ein- oder zweimal im Jahr eine Wallfahrt zu einer Gnadenstätte machte. Dies gehörte zum Brauchtum und galt als Dank und Bitte an die Gottesmutter oder einen bestimmten Heiligen.
Ich erinnere mich an meine erste Wallfahrt mit meinen Eltern und meinem Bruder, die uns nach Maria Taferl führte. Die Fahrt erfolgte mit einem alten Lastwagen der auf der Ladefläche mit schmalen Holzbänken ausgestattet war. Die Fahrgäste für die es ja recht und billig war, etwas Buße zu tun, wodurch die Wallfahrt erst einen Sinn bekam, wurden unsanft hin und her geschleudert.
Da die Sitzbänke nicht sonderlich befestigt waren und auch mit keinen Rückenlehnen ausgestattet, kam es immer wieder vor, dass so mancher Fahrgast unsanft mit den Boden Bekanntschaft machte oder rücklings auf dem Schoß des dahinter Sitzenden landete. Ich war heilfroh, als wir dieses Gefährt verlassen konnten und die schöne Wallfahrtskirche, die der Mutter Gottes geweiht ist, betreten und bewundern konnten. Nachdem ein gemeinsamer Gottesdienst gefeiert wurde und danach noch eine Anbetung erfolgte, mussten wir wieder an die Heimfahrt denken und unser komfortables Beförderungsmittel betreten. Die schöne Kirche, hoch über der unten vorbei fließenden Donau, und die herrliche Aussicht ließen uns die kommende Heimfahrt, die uns wiederum zahlreiche blaue Flecken am Gesäß und an den Beinen einbrachte, leichter ertragen. Trotz allem freuten wir uns über den

gemeinsamen Familienausflug, der ja äußerst selten vorkam.
Eine Wallfahrt auf den Pöstlingberg, bei der wir schon einen Linienbus benutzen konnten, wurde für mich zu einer wahren Bußfahrt. Damals durften mein Bruder und ich mit den Eltern das erste Mal mit einem Autobus fahren. Wir stiegen bei der Haltestelle in Altenburg beim „Wirt aus der Rutsch'n" in den Bus, der uns nach Urfahr bringe sollte. Wir hatten Glück und bekamen noch einen Sitzplatz in der letzten Reihe. Meine anfängliche Freude sollte bald getrübt sein, denn auf Grund der holprigen Schotterstraßen wurde ich hin und her gestoßen, sodass mir auf einmal fürchterlich übel wurde. Ich dachte, wenn die Fahrt nicht bald zu Ende geht, überlebe ich sie nicht.
Da es früh am Morgen war und ich noch nichts gegessen hatte, blieb mir wenigstens das Erbrechen erspart. Als wir endlich in Urfahr ankamen und den Bus verlassen konnten, wusste ich nicht wie ich mich auf den Beinen halten sollte. Ich torkelte hin und her, während sich alles um mich im Kreis drehte. Die Mutter nahm mich bei der Hand und langsam, wie auf rohen Eiern, ging ich neben ihr zu den Kreuzwegstationen. Meine Eltern hielten bei jedem Bild ihre Andacht und ich durfte mich einstweilen hinsetzen, damit ich dann den steilen Weg bis zur nächsten Station bewältigen konnte. Endlich hatten wir unser Ziel erreicht und betraten das schöne Gotteshaus. Nach einer gemeinsamen Andacht, kehrten wir in ein Gasthaus ein um eine kleine Stärkung zu uns zu nehmen. Wir Kinder bekamen eine Nudelsuppe mit einer Semmel und ein Kracherl gegen den Durst. Es war so schön hoch oben über Linz und ich vergaß auch für eine Weile was mich auf der Heimfahrt wohl wieder erwarten würde. Trotz meiner neuerlichen Übelkeit, dachte ich noch lange an die schöne Familienwallfahrt.

Meine Volksschulzeit

1947 – 1951

Ein Klassenfoto der 1. Klasse Volksschule im Windhaag 1948. Hinter dem Pfarrer Josef Mittenthaler bin ich zu erkennen. Mit auf dem Bild auch unsere beliebte Lehrerin Wilhelmine Amstler.

Schulzeit

Im September 1947 trat ich in die Volksschule in Windhaag ein. Ausgerüstet mit einer schweinsledernen Schultasche, in der sich eine Schiefertafel mit einem Schwamm und einem Tüchlein und ein Griffel aus Grafit befanden, machte ich mich auf den langen steilen Weg zur Schule. Ich hatte ein etwas komisches Gefühl und wusste nicht so recht, was da nun auf mich zukommen würde. Doch schon beim Betreten des Klassenzimmers schwanden meine Bedenken.
Die Lehrerin, Frau Wilhelmine Amstler, die mir meinen Platz zeigte, machte einen derart positiven Eindruck auf mich, dass ich weder Heimweh noch Angst vor den auf mich zukommenden Ereignissen hatte. Die Frau Lehrer lachte mich freundlich an, fragte nach den Namen und gab mir einen Zettel mit den Angaben der notwendigen Schulsachen, die mir die Eltern besorgen sollten. Wilhelmine Amstler, die von den Leuten liebevoll „Amstler Minnerl" genannte wurde, hatte ein so sonniges Wesen und strahlte Güte und Verständnis auf die Schulanfänger aus. Sie erzählte uns jeden Tag eine lustige Geschichte, liebte Blumen und Tiere und war gerecht und freundlich zu den Schülern. Falls sie von einem Buben oder Mädchen unnötig geärgert wurde, zeigte sie aber doch eine gesunde Strenge, die notwendig war. Ich erinnere mich an ein ganz fürwitziges Mädchen, das die Geschichten der Frau Lehrer besonders liebte. Als einmal die Lehrerin sagte: „Kinder es tut mir leid, aber heute weiß ich keine Geschichte.", antwortete das Mädchen schlagfertig darauf: „Aber du musst ja eine woaßn (wissen)!" Darüber lachte die ganze Klasse und am nächsten Tag erzählte uns die Lehrerin wieder eine ihrer Geschichten. Wir waren doch ein wenig traurig, als wir eines Tages erfuhren, dass unsere geliebte Lehrerin den Kaufmann Anton Neulinger heiraten würde und wir sie deshalb bald verlieren sollten. Zu allem Übel durfte ich, aus welchem Grund auch immer, als eine der wenigen, bei ihrer Hochzeit nicht dabei sein. Der Herr Oberlehrer wählte die Schüler aus,

die mit einem Lied bei der Hochzeitsfeier die Braut erfreuen durften. Als die Reihe an mir war bemerkte er kühl: „Dich können wir nicht mehr brauchen, wir sind ohnehin schon zu viele.“ Was er mir damit antat, wusste der Herr Oberlehrer bestimmt nicht. Ich kränkte mich derart, dass ich am ganzen Weg nach Hause herzzerreißend weinte. Der einzige Vorteil der mir und einigen auch ausgeschlossenen Schülern dabei zu gute kam, war das vorzeitige Ende des Unterrichts, wenn die Auserwählten für die Hochzeit an ihren Sangeskünsten feilen mussten.

Als nächsten Lehrer bekamen wir Franz Öller. Er war gerecht und auch recht zugänglich. Seine Tochter Ernie war auch eine unserer Mitschülerinnen. Ich erinnere mich noch ganz gut, wie sie und ihre Freundin Ingrid sich mit ihrem Vater einen Aprilscherz erlaubten und ihn zum Bürgermeister schickten. Die ganze Klasse erwartete sich ein gewaltiges Donnerwetter des Gefoppten. Doch der Herr Lehrer betrat gelassen das Klassenzimmer, nahm am Katheder Platz und begann mit den Unterricht weiterzumachen, so als wäre nichts geschehen. Ich denke er hat recht gehandelt und seiner Tochter wird er schon noch seine Meinung unter vier Augen gesagt haben.

Es verging Jahr um Jahr und schon besuchten wir die vierte Klasse. Es war Zeit vor dem Abschied eine kleine Rückschau zu halten. An und für sich ging ich gerne zur Schule. Das Lernen machte mir Spaß und ich gehörte zu den guten Schülern, die es wagen konnten die Hauptschule in Perg zu besuchen.

Ein Erlebnis, das doch eher als ungewöhnlich zu bezeichnen war, hatte ich in der 3. Klasse. Einige Schüler besaßen die unangenehme Eigenschaft, andere zu ärgern oder zu verspotten. Zu Letzteren gehörte ich des Öfteren. So verspotteten mich einige, sich besser vorkommende Burschen, wegen meiner schweinsledernen Schultasche. „Sauleder Mensch!“, riefen sie mir nach. Doch meistens machte ich mir nichts daraus und ließ die Holzköpfe einfach stehen. So etwas regte mich nicht sonderlich auf. Anders verhielt es sich, falls mich

einer anfasste oder mich an meinen langen Zöpfen zog. Da verstand ich keinen Spaß und der Übeltäter kam nicht ungeschoren davon. So geschah es, dass ein ganz mutiger, sich besonders schlau vorkommender Bursche, es wagte mich während des Unterrichtes an den Zöpfen zu ziehen. Er zog so heftig an meinem Rechten Zopf, dass er mir den Kopf nach hinten zerrte und mir die Füllfeder aus der Hand fiel. Da war meine Geduld zu Ende. Ich drehte mich um, sprang auf und verpasste dem grinsenden Lackaffen eine schallende Ohrfeige, sodass er aus der Bank flog und unsanft am Boden landete. Anfangs herrschte totale Stille in der Klasse, niemand rührte sich. Als sich der Bursche mit verdutztem Gesicht langsam erhob und ich immer noch bedrohlich mit ausgestreckter Hand dastand, begannen die Schüler zu lachen. Es war nun an der Zeit, dass sich der Lehrer zu Wort meldete, er hatte Mühe sich das Lachen zu verbergen und rief uns beide zu sich. Ich dachte nun wird es halt eine saftige Strafe geben, das war mir schon klar. Dessen ungeachtet ging ich erhobenen Hauptes voran und der Geschlagene mit hängendem Kopf hinter mir her. Ich empfand keinerlei Reue, im Gegenteil, war sogar stolz, dem Großmaul endlich eine Lektion erteilt zu haben. Dem habe ich endlich die Schneid abgekauft, dachte ich. Es war an der Zeit mich zu wehren, denn als anständige Schülerin mit sehr gutem Lernerfolg, brauchte ich mich von niemand zum Narren oder zum Gespött der Mitschüler machen lassen. Ich hatte endgültig die Nase voll. Es war mir egal welche Strafe ich bekommen würde, ich ließ mich dadurch nicht davon abhalten, um mich notfalls in gleicher Weise wieder zur Wehr zu setzen.
Der Lehrer gab uns beiden dieselbe Strafe in Form eines in die Ecke Stellens, worüber ich mich keine Sekunde grämte. Dem Burschen dagegen, der sich auch zu den Obergescheiten zählte, war die Sache ziemlich peinlich, vor allem schämte er sich, weil ich ihm so eine zünftige „Watsch'n“ verabreicht hatte.

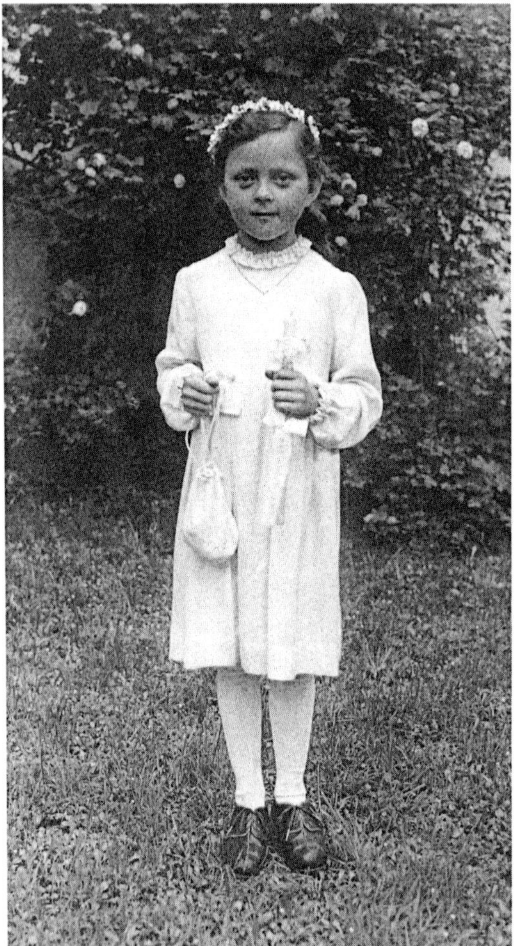

Erstkommunion Mai 1948.
Einer der glücklichsten Tage meines Lebens.

Meine Familie feierte mit mir. Ein Familienfoto mit Großmutter vor dem Haus.

Erstkommunion und Firmung

Am Sonntag nach Ostern, dem „weißen Sonntag", wird in vielen Pfarren das Fest der Erstkommunion gefeiert. Ich erinnere mich noch gerne an meine Erstkommunionfeier im Jahre 1948. Es war ein etwas trüber kühler Morgen, als ich bereits um 6 Uhr aufstand, um nach dem Wetter Ausschau zu halten. Tagelang hatte ich mich auf dieses Fest gefreut und gehofft, dass alles klappt, wenn Jesus das erste Mal zu mir kommt. Ich dachte: „ Hoffentlich ist das Wetter schön, damit mein weißes Kleid, das Kranzerl in den Haaren, die Kommunionkerze und meine Schuhe nicht vom Regen durchnässt werden."
Meine Eltern taten alles um mir diesen Ehrentag so schön wie möglich zu gestalten. Schon die Anschaffung des weißen Kleides und der Schuhe, die mir der Vater mit viel Liebe angefertigt hatte, erweckten ein Glücksgefühl in mir, das nur die freudige Erwartung auf den Empfang der heiligen Kommunion übertreffen konnte. Das Wetter spielte uns keinen Streich und beim feierlichen Einzug ins Gotteshaus, lugte sogar die Sonne aus den grauen Wolken hervor. Die kleine Schar der Erstkommunikanten trat nun vor den Altar und bereitete sich feierlich auf den großen Moment vor. Ich stand mitten in dieser freudig erregten Gesellschaft und war, wie alle anderen, sichtlich aufgeregt. Dies merkte auch der Herr Pfarrer und lächelte uns freundlich zu.
Ich dachte, hoffentlich mache ich nichts falsch oder es fällt mir die heilige Hostie hinunter. So ein Missgeschick wäre nicht auszudenken. Solche Dinge gingen mir im Kopf herum und ich hatte Mühe mich zu konzentrieren. Als jedoch der Priester mir den Leib Christi in Form der Hostie reichte, war ich unendlich glücklich und dankte Jesus, dass er zu mir gekommen ist. Das Frühstück im Pfarrhof, das von den Frauen liebevoll zubereitet und an einer festlichen Tafel angerichtet war, schmeckte allen vorzüglich. Das Kommunionandenken, in Form eines Bildes mit der Darstellung des letzten Abendmahles, überreichte uns der Herr Pfarrer als feierlichen Abschluss dieses mir unvergesslichen

Tages. Damals durften die Kinder bereits ein Jahr nach der Erstkommunion das Sakrament der Firmung empfangen.
Ich empfing dieses wichtige Sakrament in Rechberg. Da meine Firmpatin dort einen Bauernhof besaß und den Wunsch äußerte, mich in der eigenen Pfarre firmen zu lassen. Es war ein sonniger Tag Anfang Mai und meine Mutter und ich fuhren mit einem Pferdewagen, der mit einem Kranz aus Tannenzweigen und weißen Papierrosen festlich geschmückt war. Der Vater engagierte einen Bauern um uns zur Firmung zu bringen. Er wollte uns damit den weiten Weg zu Fuß ersparen und mir natürlich eine Freude bereiten. Ich saß vorne beim Kutscher und war ganz verzückt vor Freude.
Ich durfte auf diese Art und Weise zur Firmung fahren, das war wie ein Wunder für mich. Doch als wir zu einem steilen Anstieg der Straße kamen und das Pferd zu schnauben begann, wurde meine Freude jäh getrübt. Da das Pferd noch kurz vor unsere Abfahrt Grünfutter gefressen hatte, verstreute es bei jedem Schnaufer grüne Speichelteile, die geradezu auf meinem schneeweißen Firmungskleid landeten und von weitem sichtbar waren. Die Mutter, die hinter mir im Wagen saß, blieb von dieser unangenehmen Nebenerscheinung verschont. Als wir die Firmpatin abholten und ich sie grüßte und um die Patenschaft bat, sah sie mein grün getupftes Kleid und fragte, was da passiert sein. Ich war den Tränen nahe und haderte mit dem Schicksal, dass mir dieser Tag doch etwas verleidet wurde. Ich schämte mich, wenn ich Bekannte traf die mich so seltsam ansahen. Die Mutter war auch etwas betrübt wegen dem versauten Kleid, wie sie später zugab. Es gab keine Möglichkeit dieses Übel zu beseitigen und langsam schickten wir uns an in die Kirche zu gehen. Ich dachte, hoffentlich spendet mir der Bischof die Firmung trotz meines schmutzigen Kleides. Ich bin mir sicher, dass er die Besonderheit an meinem Firmkleid bemerkt hat, denn beim Kreuzzeichen, das er mir auf die Stirn gab, lächelte er verschmitzt. Ich war überglücklich, dass ich trotz des kleinen Missgeschicks das Sakrament empfangen durfte. Beim Nachhause-

fahren durfte ich mich rückwärts in den Wagen setzen, da war es jedoch schon zu spät. Als wir zu Hause ankamen, bedankte ich mich nochmals beim Vater, der den ganzen Tag in seiner Werkstatt fleißig arbeitete, um unter anderem auch den Bauern für das Pferdegespann bezahlen zu können. Ich sagte kein Wort von dem schnaubenden Pferd, das mein Kleid versaut hatte und zog mich schnell um, damit der Vater nichts davon merkte. Er wollte mir eine große Freude machen und sollte sich nicht kränken, weil diese mir doch etwas vergällt wurde. Ich dachte bei mir, eigentlich muss ich ja froh sein, dass die Ausscheidungen des Pferdes von vorne kamen und ich nicht eine volle Ladung aus dem Hinterteil des Tieres bekommen hatte. Das hätte dann noch schlimmere Folgen gehabt, die mir den Empfang der Firmung im weißen Kleid unmöglich gemacht hätten. Was das weiße Kleid betrifft so sei gesagt, dass es selbst in der chemischen Reinigung von seinen grünen Flecken nicht mehr befreit werden konnte.

Fronleichnamsprozession 1948
Eine Erinnerung an das Tragen des Hostienkelches.

Das Kelchtragen

Zu Fronleichnam durften die Mädchen in ihren weißen Kleidern, die sie zur Erstkommunion getragen haben, bei der Prozession mitgehen. Eine besondere Freude, die ich einer lieben Freundin verdankte, bedeutete für mich das Tragen des Abendmahlkelches auf einem weißen Polster. Es war ein unbeschreibliches Glücksgefühl, als ich ein Stück des Prozessionsweges dieses sakrale Gefäß tragen durfte. Diese Ehre wurde nur wenigen Mädchen zuteil, deswegen bin ich meiner damaligen heimlichen Freundin heute noch sehr dankbar.
Ich nenne sie deshalb heimliche Freundin, weil ihre Eltern den Umgang mit mir, einem Mädchen aus der ärmeren Schicht, nicht so gerne sahen. Ein Ausspruch ihrer älteren Schwester, den ich zufällig einmal mit anhörte und der da lautete: „Komm lass „die“ gehen, du weißt ja was die Mutter gesagt hat!“, bestätigte dies. Damals war ich sehr traurig, denn die Freundschaft mit diesem Mädchen hat mir sehr viel bedeutet. Das Hindernis unserer Freundschaft bestand wohl darin, dass sie aus einer wohlhabenden Bürgerfamilie stammte. Ich dagegen, als das „Kunse Schustermensch“, aus ärmeren Verhältnissen kam. Ich konnte mir nicht vorstellen, was die Familie sonst an mir auszusetzen gehabt hätte. Ich war ruhig, anständig, schlicht aber ordentlich gekleidet und auch eine gute Schülerin. Es konnte sich daher nur um die Tatsache handeln, dass ich eben einer anderen Schichte der Bevölkerung angehörte.

Der verpatzte Godntag

Schon einige Wochen vor Ostern schickte uns meine Firmpatin die Einladung zum „Godntag“ am Ostermontag. Ich wollte nicht allein gehen, meine Mutter und mein Bruder begleiteten mich. So machten wir uns nach dem Gottesdienstbesuch von Windhaag auf den langen Weg zu meiner Firmpatin, der Kellnerbäuerin in Rechberg. Schon am Morgen klagte die Mutter über Übelkeit und Bauchschmerzen. Sie war immer sehr besorgt um das Wohl von uns Kindern, deswegen ließ sie uns nicht allein nach Rechberg gehen. Aber schon nach wenigen Metern auf dem Weg zur Patin, klagte die Mutter über heftige Bauchschmerzen. Sie blieb stehen und krümmte sich vor Schmerz.
Ich war deswegen sehr in Sorge und riet der Mutter umzukehren, da es keinen Sinn hätte unter diesen Umständen weiterzugehen.
Wer weiß was alles passieren kann auf dem langen Weg, den wir vor uns hatten. Die Mutter sagte aber: „Nein das können wir der Godn nicht antun, sie hat sich bestimmt viel Mühe gemacht und wartet doch auf uns.“ Mit Müh und Not erreichten wir das Haus der Kellnergodn. Sie stand schon vor der Haustür und sagte: „Ja meiner Seel, wo bleibt ihr denn so lange, das Essen ist längst fertig!“ Als sie die Mutter sah, wusste sie allerdings gleich warum wir so lange unterwegs waren. Der elende Zustand der Mutter war ja von weitem ersichtlich. Sie konnte kaum gehen vor Schmerz und Schwäche. Sogleich führte sie die Godn in ein Zimmer, wo sie sich hinlegen und erholen konnte. Sie war sehr besorgt, kochte der Mutter Tee und brachte ihr warme Wickel zur Linderung der Schmerzen.
Der Tisch war liebevoll gedeckt und aus der Küche kam der Duft von den köstlichen Speisen. Auf dieses Mittagessen hatte ich mich tagelang gefreut und nun brachte ich keinen Bissen hinunter. Zu sehr sorgte ich mich um die Gesundheit der Mutter. Ich hatte große Angst sie könnte sterben. Die Vorstellung, dass sie plötzlich nicht mehr bei uns wäre, war für mich das Schlimmste. Diese Sorge plagte mich bei jeder

Krankheit und Abwesenheit der Mutter. An diesem Tag kam überhaupt keine Freude auf und am liebsten wäre ich gleich wieder nach Hause gegangen. Traurig saß ich am Bett der Mutter und hoffte, dass sie im nächsten Moment aufstehen würde. Ich zerbrach mir den Kopf, wie wir die Mutter in ihrem Zustand nach Hause bringen könnten. Die Godn bedauerte, weil wir das gute Essen überhaupt nicht angerührt hatten. Sie brachte dann noch Kaffee und Torte. Sie hatte sich solche Mühe gegeben um uns einen schönen Tag zu bereiten, doch uns schmeckte an diesem Tag das Beste nicht. Aus Höflichkeit der Godn zuliebe tranken mein Bruder und ich den Kaffee und würgten mit Müh und Not ein Stück Torte hinunter. Wie bringen wir jetzt die Mutter nach Hause, fragten wir uns voller Besorgnis. Auf einmal stand die Mutter auf und sagte: „Kinder machen wir uns schnell auf den Weg, die Schmerzen haben ein wenig nachgelassen." Da zögerten wir nicht lange, bedankten uns bei der Godn für alles was sie uns auch noch eingepackt hatte und bedauerten unser Verhalten. Die Godn sagte nur: „Macht euch deswegen keine Sorgen, ich kann das gut verstehen. Seht zu, dass ihr eure Mutter so schnell wie möglich nach Hause bringt." Rasch packten wir unsere Sachen und nahmen die Mutter, die sich nur schwer fortbewegen konnte, in unsere Mitte. Wir stützten sie so gut wir konnten, doch nach einem Drittel der Wegstrecke, konnte sie keinen Schritt mehr vorwärts machen. Total geschwächt sank sie auf einen großen Stein am Straßenrand und beteuerte nicht mehr weitergehen zu können. Da war nun guter Rat teuer, was sollten wir tun. Ich beauftragte meinen Bruder bei der Mutter zu bleiben, einstweilen lief ich so schnell ich konnte um den Vater zu verständigen. Er war völlig außer sich vor Schrecken und im ersten Moment auch ratlos.

Um zur Mutter zu kommen musste man eine gute Gehstunde aufbringen. Das war viel zu lange. Kurz entschlossen lief der Vater zu einem Bauern, der zwei schnelle Pferde und eine Kutsche besaß. Er bat den Bauern die Mutter nach Hause zu bringen, da sie den Rest des Heimweges nicht mehr schaffen würde. Der Bauer rief sogleich nach

Meine Mutter vor dem Haus, die Hühner fressen ihr aus der Hand.

seinem Knecht und beauftragte ihn einzuspannen um uns zur Mutter zu bringen. Rasch stiegen der Vater und ich zum Knecht auf den Wagen. Dieser trieb die Pferde an, sodass sie flott den holprigen Weg zurücklegten, um rasch die Mutter zu erreichen. Wir sahen sie schon von weitem immer noch auf dem großen Stein sitzen. Mein Bruder war während des Wartens auf der Wiese eingeschlafen. „Gott sei Lob und Dank, dass ihr endlich da seid.“, sagte die Mutter mit weinerlicher Stimme. Der Vater und der Knecht sprangen vom Wagen und halfen ihr auf das schon gerichtete Lager auf der kleinen Ladefläche des Pferdewagens. „Du machst vielleicht Sachen, einen Schrecken hast du mir eingejagt!“, sagte der Vater besorgt und deckte sie mit einem Schaffell behutsam zu. „So jetzt bringen wir dich vorerst nach Hause, damit du dich hinlegen kannst und hoffen, dass die Schmerzen bald nachlassen. Falls keine Besserung eintreten sollte, musst du morgen zum Arzt oder sogar ins Krankenhaus. Mit einer Blinddarmentzündung oder Gallenerkrankung ist nicht zu spaßen.“, sagte der Vater.
Endlich waren wir zu Hause angekommen. Der Vater hob die Mutter vom Wagen und brachte sie sogleich in die Schlafkammer. Unterdessen war auch die Großmutter herbeigeeilt um zu helfen. Sie kochte Eibisch- und Wermuttee und legte der Mutter abwechselnd warme und kalte Tücher auf die Schmerzstelle.
Nach einiger Zeit ließen die Schmerzen etwas nach und die Mutter schlief endlich ein. Wir sahen es als gutes Zeichen, dass sie die ganze Nacht ruhig schlief. Am nächsten Morgen stand sie ohne fremde Hilfe auf und klagte über keinerlei Schmerzen mehr. Wir waren alle so glücklich, dass die Mutter nicht ernstlich erkrankt war und nicht ins Krankenhaus gebracht werden musste.
Der Vater und die Großmutter legten ihr nahe, sich noch etwas zu schonen, doch am Nachmittag arbeitete sie bereits wieder draußen und bereitete die Gartenbeete zur Aussaat der Gemüsesamen vor. Sie freute sich über den warmen Frühlingstag und dankte dem Herrgott, dass sie wieder schmerzfrei ihrer Arbeit nachgehen konnte. Zu uns Kindern

Die 1. Klasse der Volksschule Windhaag. Mein Bruder ist der 3. von links in der 2. Reihe.
Mit im Bild Oberlehrer Franz Öller und Pfarrer Josef Uttenthaler (1951).

Mein Bruder Anton als junger Bursch 1959.

sagte sie: „Es tut mir leid, dass ich euch den Godntag so verpatzt habe.“ Da nahm ich ihre Hand und versicherte ihr, dass es für uns nichts Wichtigeres gibt, als ihre Gesundheit. Den Godntag haben wir allerdings lange nicht vergessen, zu sehr waren wir damals um die Gesundheit der Mutter besorgt.

Als mein Bruder krank war

Mein Bruder Toni und ich waren unzertrennlich. Wir spielten gemeinsam am liebsten draußen vor dem Haus oder im Wald. Aus Moos und Tannenreisig bauten wir uns unter einer riesigen Baumwurzel eine Höhle, die als Stall für unsere Haustiere diente. Das Vieh bestand aus Zapfen und Eicheln. Die großen Tannen- und Fichtenzapfen bezeichneten wir als Kühe, Ochsen und Pferde. Die Föhrenzapfen dienten uns als Schweine und die Hühner gestalteten wir aus Eicheln. Damit man das Hühnervolk samt dem stolzen Hahn auch erkennen konnte, bekam jedes Stück eine echte Feder angesteckt.
Mit der Betreuung dieses Viehstandes beschäftigten wir uns oft stundenlang. Zeitig in Frühling holten wir unser geliebtes Leiterwagerl aus den Schuppen und fuhren damit überall hin. Sogar des Öfteren mit der Mutter zum Einkaufen um Getreide für die Hühner und das Schwein zu besorgen. Leider wurde das Leiterwagerl von Jahr zu Jahr klappriger und eines Tages brach die Hinterachse entzwei. Auf einer schneidigen Fahrt die abschüssige Straße hinunter, machte es plötzlich einen lauten Kracher und schon liefen die Räder vor unseren Augen zum Bach, direkt ins Wasser. Mein Bruder und ich landeten unsanft im Straßengraben und weinten über den Verlust unseres geliebten Gefährtes. Von da an mussten wir ohne unser Fuhrwerk, dem Leiterwagerl, auskommen. Einmal versuchten mein Bruder und ich aus einem alten Kinderwagen ein Auto zu bauen. Dazu diente uns ein

alter Spiegelrahmen als Lenkrad. Der im Wagen sitzende lenkte und der andere musste kräftig anschieben. Wir hatten aber einen spitzen Nagel am Lenkrad übersehen, was dann bei einem Sturz zu einer stark blutenden Wunde am Bauch meines Bruders führte. Damit hatte der Traum vom Auto ein jähes Ende genommen. Die Mutter erschrak als sie die blutende Wunde meines Bruders sah und verbot uns dieses Gefährt noch weiter zu benützen. Fortan mussten wir ohne Leiterwagerl und ohne „Auto" auskommen.
Eines Tages klagte mein Bruder über starke Kopfschmerzen und bekam hohes Fieber. Die Mutter richtete ihm das Krankenlager auf der Truhe in der Wohnstube, denn in der Schlafkammer war es viel zu kalt. Da lag nun der Toni mit hochrotem Gesicht und sprach wirres Zeug in seinen Fieberträumen: „Der Misthaufen ist auf dem Berg hinaufgestiegen und der Brotlaib liegt in der Hintermühle auf der Gartenbank.", so redete er vor sich hin und war nicht ansprechbar. Ich machte mir große Sorgen um die Gesundheit meines Bruders.
Es waren bereits vier Tage vergangen und das Fieber wollte einfach nicht weichen. Da halfen auch die Kette aus Kren, die ihm die Mutter um den Hals band und die Topfenauflagen auf den Fußsohlen nichts. Er musste wohl an einer schweren Lungenentzündung erkrankt sein, weil er kaum Atemluft bekam. Mir wurde ganz bang als ich ihn so daliegen sah. Auch die Eltern standen ratlos an seinem Krankenlager. In meiner Verzweiflung beschloss ich in die Kirche zu gehen und für meinen Bruder zu beten. Am nächsten Morgen begab ich mich schon in aller Frühe vor dem Unterricht in die Kirche. Vor dem Bild der Gottesmutter kniete ich nieder und betete. Ich konnte die Tränen nicht unterdrücken wenn ich mir vorstellte, mein Bruder würde sterben. Ich war so vertieft in mein Bittgebet, dass ich den Herrn Pfarrer gar nicht kommen hörte. Er klopfte mir auf die Schulter und sagte: „Ja Mäderl, was hast du denn für ein Anliegen, weil du gar so andächtig betest?" Ich erschrak und sagte: „Herr Pfarrer mein Bruder ist so krank. Ich bete, dass er wieder gesund wird. Er darf nicht sterben, er ist doch noch

so jung." Da strich er mir übers Haar und sagte: „Hab keine Angst Kind, wenn du so innig zur Gottesmutter betest, wird sie dich bestimmt erhören. Ich bin sicher, dass dein Bruder wieder gesund wird."
Ich war dankbar über die Worte des Herrn Pfarrers und ging sichtlich erleichtert zum Unterricht in die Schule. Nach einigen Tagen trat eine leichte Besserung am Zustand meines Bruders ein. Er hatte fast kein Fieber mehr und konnte auch wieder frei atmen. Meine Freude war groß als Toni endlich aufstehen durfte und einige Male in der kleinen Stube hin und her ging. Er war zwar noch sehr schwach, doch allmählich kam er wieder zu Kräften und nahm regelmäßig Nahrung zu sich. Er hatte also die schlimme Krankheit überstanden und ich war mir sicher, dass mein Gebet nicht umsonst war. Es ist heutzutage unvorstellbar, dass selbst bei einer derart schweren Erkrankung kein Arzt gerufen wurde. Der Grund war natürlich Geldmangel. Es stand ja oft tagelang keine Groschen zur Verfügung.

Geistlicher Rat

† Josef Uttenthaler

1894-1954

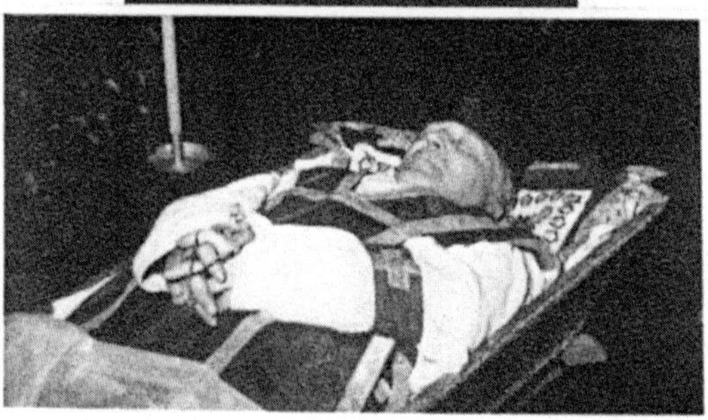

Zur Erinnerung an unseren verst. H. Pfarrer.

Pfarrer Josef Uttenthaler, der mich durch Kindheit und Schulzeit begleitete.

Tragische Todesfälle in der Nachbarschaft

Ein greller Schrei am frühen Nachmittag vom Nachbarhaus kommend, ließ uns jäh aufhorchen. Wie von einer Tarantel gestochen liefen wir hinunter in die Hintermühle um nachzusehen, was geschehen war. Da lag der kleine Siegfried, der Sohn meines Onkels Johann und seiner Gattin Johanna. Sein Kopf war blutverschmiert und bis zur Unkenntlichkeit angeschwollen. Der Bub hatte sich ins Sägewerk begeben und auf dem Fördergestell des Gatters gespielt. Dabei wurde sein Kopf so unglücklich gegen die Hauswand gedrückt, dass für ihn jede Hilfe zu spät kam. Wir Kinder wussten nicht wie uns geschah, da lag der fröhlich Siegi, der knapp vor seinen grässlichen Unfall noch lustig vor dem Haus spielte. Das ganze Dorf war tief erschüttert und beklagte den Tod des Buben. Das Mitgefühl mit den Eltern und Trost spendende Worte, konnten ihr Leid nur wenig lindern.
Die Erwachsenen trösteten uns damit, dass der Siegi nun im Himmel sei und mit den Engeln spielen darf. Die gellenden Schreie des Buben waren für immer verstummt. Jedoch das Rauschen des Baches, der das Wasserrad und damit das Sägewerk antrieb übertönte den Jammer und Schmerz der Angehörigen. Sterbefälle von älteren Leuten gab es so manche während eines Jahres, das war normal. Der tragische Tod eines Kindes oder eines Jugendlichen berührte mich schon sehr.
Ein ganz tragischer Todesfall war der von Franz Kragl aus Lehenbrunn. Der hoffnungsvolle junge Bursche, der noch zur Schule ging starb an den Folgen eines Blinddarmdurchbruches. Der Arzt hatte die akute Blinddarmentzündung zu spät erkannt, daher konnte der Bursch trotz Operation und bester medizinischer Versorgung im Krankenhaus nicht mehr gerettet werden. An dieses tragische Ereignis erinnere ich mich noch sehr genau. Schon bei der Totenwache, der ich mit meiner Mutter beiwohnte, blieb kein Auge trocken. Alle beklagten den unverständlichen Tod des so hübschen fleißigen Burschen, der schon bei den Arbeiten am Hof tüchtig zugepackt hatte.

Die Schwestern aus dem Krankenhaus schickten ein großes Gesteck aus weißen Rosen und Nelken, als Zeichen des Mitgefühls und der Wertschätzung des geduldigen und liebenswerten Patienten Franz. Sein Tod war ein schwerer Schicksalsschlag für seine Eltern und Geschwister. Mit ihnen trauerte die gesamte Bevölkerung in der Umgebung.

Gänzlich unverständlich für meine zarte Kinderseele war damals auch der Tod der kleinen Monika Zuschrader. Das Mäderl wurde oft von ihrer Großmutter spazieren gefahren und dabei konnte ich es nicht lassen, einen freundlichen Blick in den Kinderwagen zu werfen. Das Kleinkind lachte mich jedes Mal so herzlich an. Ich nahm dann Monikas zarte Händchen, die sie mir entgegenstreckte. An einem sonnigen Frühlingstag kam Frau Raab wieder mit dem Kinderwagen an unserem Haus vorbei. Sogleich eilte ich ihr entgegen um meine kleine Freundin zu begrüßen. Ich erschrak, als ich das vom Fieber gerötete Gesichtchen sah. Monika hatte die Augen geschlossen und atmete schwer. Ich nahm ihr zartes Händchen und sagte: „Monika, was ist denn mit dir heute los, warum lachst du mich nicht an?“ Die Großmutter erklärte mir sehr besorgt: „Das Kind ist ja so krank, es hat Lungenentzündung.“ Ich konnte es überhaupt nicht fassen, als ich am nächsten Tag vom Tod der kleinen Monika erfuhr. Ich fragte die Mutter ob Monika jetzt auch ein Engel im Himmel sei und ich sie einmal wieder sehen würde. Die Mutter antwortete mir: „So Gott will, wirst du sie bestimmt einmal wieder sehen. Stell dir jetzt vor, sie schaut als Engel auf dich herunter und es geht ihr bestimmt gut.“

Ich konnte die Tränen und Klagen der Eltern sehr gut verstehen, denn auch für mich war der Tod des immer lächelnden Mädels ein arger Verlust. Ich saß auf der mit Blumen übersäten Wiese vor unserem Haus, dachte an Monika und konnte meine Tränen nicht zurückhalten. „Wurde der kleinen Monika das Leben nur geschenkt um es ihr nach so kurzer Zeit wieder wegzunehmen?“, fragte ich mich.

Der seltsame Fund

Es war ein trüber, feuchter Herbstmorgen. Der Nebel legte sich wie ein grauer Schleier über die Landschaft. Diese Art von Tagen mochte ich nicht besonders. Daher schlug ich auf dem Weg zur Schule eine schnellere Gangart ein als üblich. Jedes Geräusch vom nahen Wald erschreckte mich und das Rauschen des an der Straße entlang fließenden Baches kam mir unheimlich vor. Kein Mensch ging des Weges oder begegnete mir. Ich beeilte mich um die erste Anhöhe zu erreichen und hoffte, dass sich dort der Nebel etwas lichten würde. Ein kleiner Anstieg noch, dann ist es geschafft, dachte ich mir und hoffte endlich der feuchten düsteren Nebelwand entfliehen zu können.
Ich nahm wie, so oft, die Abkürzung, einen schmalen, steilen Fußweg, der vorbei an Wiesen und Felder führte. Da erblickte ich plötzlich einige Schritte vor mir einen Gegenstand auf dem Boden. Beim näheren Hinsehen erkannte ich ein langes, blutverschmiertes Messer und daneben ein blutiges Tuch. Ich erschrak und stand eine Weile wie angewurzelt da. Was hatte das zu bedeuten, was war mit dem Messer geschehen. Ich wusste nicht, sollte ich nun umkehren und zurück nach Hause laufen oder konnte ich es wagen, doch weiterzugehen. Da ich eine sehr gewissenhafte Schülerin war, entschied ich mich für das Weitergehen und lief so schnell ich konnte den steilen Fußweg bergan zur Schule. Völlig erschöpft und atemlos kam ich dort an. Ich setzte mich zum Brunnen vor dem Schulhaus und trank einen Schluck vom erfrischenden Wasser. In der Klasse begab ich mich gleich auf meinen Platz und sagte niemanden etwas von meinem seltsamen Fund am Schulweg. Während des Unterrichtes musste ich immer an das blutige Messer denken und war ziemlich abwesend. Mir gingen die schrekklichsten Vermutungen durch den Kopf. Lief da ein Mörder frei herum, den ich am Ende gar auf dem Heimweg begegnen könnte. Ich dachte, da heißt es vorsichtig sein und laufen so schnell mich die Füße tragen. Als endlich der Unterricht vorbei war, musste ich wohl oder übel den

Heimweg antreten. Es kam mir sehr seltsam vor, dass auch jetzt kein Mensch zu sehen war. Weder vor den Häusern, auf den Feldern und auch nicht auf dem Weg. Was war da los, hatte der dreiste Mörder am Ende schon alle ins Jenseits befördert? Gespannt näherte ich mich der Fundstelle um nach dem Messer zu sehen. Doch das war verschwunden, lediglich das blutverschmierte Tuch hing auf einem Strauch neben dem Weg. Als ich das sah, begann ich zu laufen, was meine Füße hergaben. Ich stolperte über die Steine und zerschlug mir beim Hinfallen Hände und Knie. Mit blutigen Händen und zerrissenen Strümpfen kam ich atemlos zu Hause an. Als ich meine Mutter im Garten sah, fiel mir ein Stein vom Herzen und ich war sichtlich erleichtert. Ich setzte mich auf die Bank vor dem Haus um ein wenig zu verschnaufen. Die Mutter fragte mich warum ich so gelaufen sei und meine Hände bluteten. Ich brachte vor Erschöpfung vorerst kein Wort heraus. Doch nach einer Weile rief ich der Mutter zu: „Das blutige Messer und das blutige Tuch!“ Da lächelte die Mutter und sagte zu mir: „Meiner Seel, das hat dich so erschreckt, weißt du was mit dem Messer passiert ist? In der Nacht waren Krautdiebe am Werk und beim Abschneiden der harten Stiele hat sich einer an der Hand verletzt. Überall fand man Blut, auf dem Acker, auf der Wiese und am Weg. Der Dieb muss sich wohl eine stark blutende Wunde zugefügt haben. Beim Abtransport der Krautköpfe hat er wohl das Messer und das Tuch verloren. Das war also des Rätsels Lösung über meinen seltsamen Fund. Ich war froh, dass sich die Sache als harmlos erwies, hatte aber trotzdem noch einige Tage ein etwas komisches Gefühl, wenn ich an der Fundstelle vorbeikam.

Das Zigeunerlager

Zu Beginn meiner Schulzeit zogen viele Zigeuner mit Pferden und Wagen durchs Land. Sie schlugen ihre Lager an entlegenen Plätzen, hauptsächlich an Waldrändern oder an Flussufern auf und blieben dort einige Tage. Auf dem Weg zur Schule kam ich an einem dieser Lagerplätze in einer aufgelassenen Schottergrube vorbei. Meine Eltern warnten mich vor den Zigeunern. Es kursierten die wildesten Gerüchte um, was einem dieses Volk alles antun würde. Da hieß es unter anderem die Zigeuner würden Kinder entführen, ihnen Arme und Beine brechen und diese armseligen Geschöpfe zum Betteln an den Straßenrand setzen. Außerdem sollen Zigeunerfrauen eine besondere Macht besitzen um einem alles Schlechte zu wünschen, falls man ihren Bitten nach Nahrung nicht nachkam. Die Männer zogen von Haus zu Haus um sich als Messer- und Scherenschleifer ihr Geld zu verdienen. Es war ratsam ihnen Arbeit zu geben um nicht von ihren Frauen verhext zu werden. Diese oft grundlosen Ängste und so manches andere Gerede ging den Zigeunern voraus. Ich machte mir so meine Gedanken und sah zu so schnell wie möglich am Lager an der Schottergrube vorbeizukommen. Denn wenn man solche Anschuldigungen öfter hört, denkt man es könnte eventuell doch etwas Wahres dran sein. Doch dann hatte ich ein Erlebnis mit den Zigeunern, das mich von diesen Ängsten und Vorurteilen befreite.

Ich war auf dem Heimweg von der Schule und die Sonne brannte vom Himmel. Ich freute mich endlich den Bach zu erreichen um mir etwas Abkühlung zu verschaffen. Ich sprang ins Wasser und wusch mir das Gesicht und die Arme. Da hörte ich ganz in der Nähe ein leises Wimmern. Als ich näher hinsah, bemerkte ich einen kleinen Buben, der sich im Gestrüpp am Ufer des Baches verfangen hatte. Es handelte sich dabei um einen kleinen Knaben aus dem Zigeunerlager. Ich befreite ihn aus seiner misslichen Lage, und nahm ihn bei der Hand. Der Bub, der etwa 3 Jahre alt war, schaute mich verschreckt mit seinen großen, braunen Augen an. Da strich ich ihm behutsam über die schwarzen Locken und ging mit ihm die Strasse entlang zum Lager. Ich dachte nicht eine Sekunde daran, dass mir die Zigeuner etwas zu Leide tun könnten und brachte ihnen den Buben zurück. Als wir in der Nähe des Lagers kamen, liefen die Leute schon aufgeregt hin und her, suchten nach dem Knaben und riefen seinen Namen. Die Freude dieser Menschen kann man nicht beschreiben, als sie mich mit ihrem Büblein an der Hand kommen sahen. Sie nahmen das Kind, streichelten und liebkosten es und stammelten immer wieder: „Danke, danke!" Sie reichten mir die Hände und luden mich ein, eine Weile zu bleiben. Ich folgte ihrer Einladung, denn ich sah in ihren frohen, freundlichen Gesichtern keinerlei Gefahr sondern nur Wohlwollen und Dankbarkeit. Wir saßen nun alle am Lagerfeuer und aßen gemeinsam eine scharfe, schmackhafte Bohnensuppe. Der Vater des Buben holte seine Geige und spielte so wunderschön, dass meine Augen zu leuchten begannen. Es war nun höchste Zeit für mich nach Hause zu gehen, sonst würden sich meine Eltern um mich Sorgen machen. Ich erzählte zu Hause von meinem Erlebnis mit den Zigeunern und versicherte den Eltern, dass ich soviel Freundlichkeit und Dankbarkeit noch nie in meinem Leben erfahren hatte. Ich war damals acht Jahre alt und konnte die Vorurteile diesen Leuten gegenüber gründlich widerlegen. Das Zigeunerlager war für mich zu einem Ort der Menschlichkeit ohne Rassenhass geworden. Von dieser Zeit an duldete ich keinerlei Beschimpfungen und Verleumdungen mehr über diese Menschen. Ich ging nun jedes Jahr zum Lager der mir freundlich gesinnten Zigeuner. Der Bub erkannte mich sofort wieder, lief auf mich zu und führte mich ans Feuer. Dort saßen wir bis zum Abend und lauschten den oft etwas wehmütigen Klängen der Geige seines Vaters. Ich war enttäuscht und unendlich traurig, als ich eines ganz besonders heißen Sommers, vergeblich auf meine, mir liebgewordene Zigeunerfamilie wartete. Was mag aus ihr geworden sein? Ich dachte wehmütig an die schönen Stunden am Lagerfeuer und den Klang der Geige zurück. Es gab kein Wiedersehen, damit musste ich mich abfinden.

Eine ungeheuerliche Verdächtigung

Ich war sechs Jahre alt, als ich ein Erlebnis hatte, das mich fast zur Verzweiflung brachte. Ich dachte tagelang an nichts anderes als an diese ungeheuerliche Verdächtigung meiner Großmutter.
Es geschah an einem Sonntag während des Gottesdienstes in der Pfarrkirche Windhaag. Ich besuchte, wie so oft während eines Jahres, mit meiner Großmutter die Sonntagsmesse. Es gab damals keinen Sonn- und Feiertag am dem wir nicht zum Gottesdienst gegangen wären. Ob bei Regen oder Sonnenschein, bei Schnee und Kälte, nichts konnte uns davon abhalten den langen, beschwerlichen Weg zur Kirche auf uns zu nehmen, um unsere Sonntagspflicht zu erfüllen. Schon daraus ist ersichtlich, dass der Glaube einen hohen Stellenwert in unserer Familie hatte und die Gebote streng eingehalten wurden. Was leider, wie vieles andere auch, von sich besser vorkommenden Zeitgenossen grundlos angezweifelt wurde.
Umso mehr kränkte ich mich über die Anschuldigung und Verdächtigung einer Bäuerin gegen meine Großmutter. Die Frau mittleren Alters saß neben der Großmutter in einer Kirchenbank und die Handtasche lag neben ihr. Zum Kommunionempfang begab sich die Bäuerin zum Altar und kniete sich wie alle anderen auch zu Speisgitter. Die Großmutter ging kurz darauf zur Kommunion und ich begleitete sie. In der Bank blieb nur die Wirt's Miarzl sitzen. Als wir zurückkamen um kniend unser Dankgebet zu verrichten, war die Miarzl verschwunden. Plötzlich nahm die Bäuerin ihre Handtasche und begann hastig nach etwas zu suchen. Sie wendete sich an die Großmutter und fragte in einem forschen Ton: „Hast du mir das Geldtascherl gestohlen?" Die Großmutter war starr vor Schrecken und verneinte energisch. „Lass mich in deine Tasche reinschauen!", befahl die Bäuerin sehr forsch.

Die Großmutter fühlte sich dadurch derart in ihrer Ehre gekränkt und kam sich bevormundet vor, dass sie sich weigerte die Tasche zu öffnen und der Bäuerin den Inhalt zu zeigen. Diese Handlung war für die Anklägerin die Bestätigung, dass die Großmutter die Geldtasche gestohlen hatte und daher nicht bereit war, ihr den Inhalt der Tasche zu zeigen. Ich saß daneben und war schockiert. Meine Großmutter sollte eine Diebin sein? Nein, nie und nimmer, sie hätte sich keinen Groschen angeeignet, der ihr nicht gehörte.

Ich dachte, was bildet sich die Bäuerin eigentlich ein, eine grundehrliche Frau so zu verdächtigen, das war mir sogar als kleines Mädchen zu viel. Damals dachte ich zum ersten Mal, dass sich die reichen Leute gegenüber den Ärmeren alles erlauben durften. Musste man, wenn man zu den nicht so mit Gütern gesegneten Menschen zählte, deswegen auch unehrlich oder gar kriminell sein? Eine Frage die mich lange Zeit beschäftigte. Ich dachte, woher sollen wir wissen ob diese Frau ihre Geldtasche tatsächlich bei sich trug. Am Ende hat sie diese aus Versehen zu Hause gelassen oder sie verlegt. Ich war so traurig und enttäuscht, dass das Gotteshaus als Ort des Gebetes und der Andacht nun für meine Großmutter zu einer Stätte der Anschuldigung und Verdächtigung wurde. Mit Tränen in den Augen verließen wir schleunigst die Kirche und gingen betrübt nach Hause. Zu Hause begab sich die Großmutter gleich in ihre Kammer und weinte. Sie sagte zu mir: „Weißt du, ich war derart erschrocken über die Anschuldigung der Bäuerin, dass ich wie gelähmt dasaß anstatt ihr den Inhalt meiner Tasche vor die Füße zu leeren. Ich hätte nichts zu befürchten gehabt, doch nun muss sie denken, ich hätte ihre Geldtasche wirklich genommen und diese in meiner Tasche gehabt. Ich war ja so dumm und nun ist es zu spät. Ich kann nur hoffen, dass mir die zuständigen Leute bei Gericht glauben. Ich kann meine Unschuld immer wieder beteuern aber nicht beweisen. Ja und wem werden wohl die Richter mehr glauben, einer angesehenen Bäuerin oder einem armen Häuslweib? Die Wahrheit kennen nur ich und unser Herrgott.“ Die Angst der

Großmutter, bezüglich einer Anzeige, war doch unbegründet, denn die Bäuerin ließ die Angelegenheit, deren sie sich ja auch nicht ganz sicher war, auf sich beruhen. Allein ihre voreilige Beschuldigung bedeutete für meine Großmutter eine ungeheure Belastung, die sie zeitlebens mit sich trug. Sie mied fortan Menschenansammlungen und besuchte den Gottesdienst nur mehr an den Wochentagen. Dabei zog sie es vor, in die Kirche nach Münzbach zu gehen, in den Ort wo sie ihre Kindheit verbrachte. Die Sache mit dem gestohlenen Geldtascherl klärte sich erst Jahre später auf. Die wahre Täterin hat sich meinem Vater gegenüber selbst verraten und den Diebstahl zugegeben. Sie sagte wörtlich: „Wegen der paar Schillinge hätte sich die Bäuerin nicht so aufregen brauchen, das hat sich doch gar nicht ausgezahlt." Der Vater behielt dieses Geständnis für sich und erzählte nur der Mutter und mir davon. Wir ließen die peinliche Sache auf sich beruhen, denn für die Großmutter kam diese Entlastung zu spät. Sie war zwei Monate vorher gestorben.

Ich dachte noch lange darüber nach, wie man sich zumuten kann, mit solcher Sicherheit eine Person zu verdächtigen, ohne wenn und aber, wie es die Bäuerin gegenüber meiner Großmutter tat. Mit dem Geständnis der Täterin war für mich die Sache nicht abgetan. Für mich galt die Verdächtigung als eine arge Verletzung der Gefühle meiner Großmutter, die ihr Leben lang eine ehrliche Frau war. Ich zweifelte nicht eine Sekunde an der Unschuld meiner Großmutter und tief in meiner Seele blieb eine Wunde die nie ganz verheilte. Ich habe bis heute den Schmerz der Großmutter nicht vergessen, die sich deswegen so kränkte und ihre Lebensfreude verlor. Ich habe daraus gelernt, keine voreiligen Handlungen zu tätigen oder Beschuldigungen auszusprechen, um nicht eine unschuldige Person zu verletzen. Nach dem Leitspruch: „Verurteile nicht, damit auch du nicht verurteilt wirst, richte nicht, damit auch du nicht gerichtet wirst!"

Die Verleumdung

An einen Vorfall während meiner Hauptschulzeit erinnere ich mich noch ganz genau.
Ich ging mit meinen Freundinnen Loisi und Poldi in ein Gasthaus. Loisi durfte sich eine Suppe kaufen und Poldi und ich warteten auf sie. Da saßen einige mir bekannte Männer am Tisch nebenan. Ich weiß bis heute nicht, war es Zufall oder wollte mich der Bauer aus Pergkirchen nur ärgern. Ein bekannter Fleischhauer aus Perg, der jährlich die Geißkitze bei uns kaufte, fing plötzlich an, über meine Mutter und Großmutter, wegen des kürzlich entgangenen Geschäftes zu schimpfen. Zugegeben, es war damals eine dumme Geschichte, denn die Kitze waren so wie jedes Jahr dem besagten Fleischhauer versprochen. Da tauchte plötzlich ein Mann auf, der behauptete der Fleischhauer habe ihn geschickt um die Kitze zu holen. Die Großmutter dachte sich nichts dabei und gab dem vermeintlichen Boten die drei Geißlein. Er bezahlte und ging seines Weges. Am nächsten Tag kam dann der Fleischhauer und wollte seine versprochenen Kitze abholen.
Die Großmutter stand nun da wie angewurzelt und erzählte vom Käufer, der im Namen des Fleischhauers, die Kitze bereits abgeholt hatte. Der Fleischer glaubte der Großmutter natürlich kein Wort und beschimpfte sie derart, dass sie ihrerseits kein Wort der Verteidigung mehr einfügen konnte und zog zornig von dannen. Die Großmutter erzählte dann meiner Mutter von der unangenehmen Geschichte und konnte nicht fassen, dass es solche Lügner und unehrliche Menschen gibt, die mit einer Sicherheit auftreten, dass sich niemand dabei auch nur einen Gedanken über die Richtigkeit ihrer Angaben machte. Die Sache lag doch schon einige Monate zurück, als ich den Vorfall im Gasthaus erlebte.
Als der Fleischhauer wieder anfing und meine Großmutter eine alte verlogene Hexe nannte, wollte ich schon aufspringen und ihm meine

Meinung sagen. Da hielten mich Gott sei Dank meine Freundinnen zurück und sagten: „Bleib doch sitzen sonst kriegst du bestimmt Ärger, gegen diese großköpfigen Tratschweiber kommst du doch nie an.“ Das sah ich ein und sagte: „Ja das stimmt das sind wirklich saudumme Tratschweiber in Männerhosen!“ Schon standen wir auf und wollten gehen, da begann nun der Bauersmann wieder zu schimpfen über die stinkfaulen, falschen alten Häute, womit er natürlich meine Mutter und Großmutter meinte. Da war ich nicht mehr zu halten, ging auf die saudummen arroganten Verleumder zu und spuckte neben ihnen auf den Boden. Nun war endgültig der Teufel los und ich musste schleunigst das Weite suchen. Der Wirt rief mir noch nach: „Du elendes Mistbratl, wenn ich dich erwische reiß ich dir die Haare aus.“ Darüber verlor ich keine Gedanken.
Mein Zorn und meine Empörung über die bösen Verleumdungen, die ich mir anhören musste, saßen zu tief. Eines war gewiss, dieses Lokal würde ich nie wieder betreten. Ich war so enttäuscht von der Falschheit und Gemeinheit dieser dummen Kerle und verstand die Welt nicht mehr. Diese Großmäuler sollten einmal probierten was es heißt mit wenig auszukommen und seinen Lebensunterhalt mit Arbeiten von früh bis spät, so recht und schlecht zu gestalten. Weil wir zu den ärmeren Leuten zählten, wurden wir nun verleumdet und für unehrlich gehalten. Das wollte nicht in meinen Kopf. Es erweckte in mir ein derart ungutes Gefühl, dass ich oft stundenlang nachdenklich in einer Ecke saß und weinte, und das obwohl solche Zeitgenossen keine Träne wert gewesen wären. Da ich die Mutter und Großmutter nicht kränken wollte, erzählte ich vom Vorfall im Gasthaus nur dem Vater. Der war zornig und sagte: „Solche Armleuchter, die sollen zuerst vor ihrer Tür kehren bevor sie ehrliche Leute durch den Dreck ziehen. Das wollen Männer sein, pfui Teufel! Der saudumme Bauernschädl glaubt wohl er ist was besonderes, wenn er das nächste Mal mit seinen dreckigen Schuhen, an denen noch der Stallmist klebt, kommt, soll er diese selbst reparieren, ich werde sie ihn nachwerfen. Auf solche Kundschaften

Das Obersteinböckgut in Windhaag.
Die Bauersleute mit der Tochter Anna und ein Knecht mit Ochsengespannen.

kann ich verzichten!“ Damit war für ihn die Sache erledigt und ich beruhigte mich auch allmählich wieder. Ich dachte diese selbstherrlichen Männer werden auch noch ihren Lohn für ihre Falschheit und unbedachten Reden bekommen. Meine Mutter sagte immer: „Lass dir Zeit, es ist nichts so fein gesponnen, dass es nicht ans Licht kommt. Denn Gottes Mühlen mahlen langsam aber schrecklich fein, was er an Langmut versäumt holt er durch Härte ein. Es muss sowieso jeder seine Haut selbst zum Markt tragen und für seine Taten Rechenschaft ablegen.“
Dieser weise Spruch hat wohl für die beiden letzten Geschichten seine Richtigkeit.

Die bescheidene Lebensweise

Zur harten Arbeit kam damals auch noch der Mangel an sanitären Einrichtungen dazu. Es gab weder Bäder im Haus noch Toiletteanlagen. Während der Sommermonate, wenn wir von der Arbeit bei den Bauern total verschwitzt und staubig nach Hause kamen, gingen wir einfach mit einem großen Holzschaff zum Brunnen und wuschen uns im eiskalten Wasser. Diese Erfrischung brachte die Kräfte gleich wieder zurück und es erfolgte darauf ein erholsamer Schlaf. Eine Badewanne oder Wasserleitung gab es nicht. Wir schöpften das Wasser aus einem Brunnen. Mit einem Eimer brachten wir es in die Stube um daraus Wasser zum Trinken und Kochen entnehmen zu können. Im Winter musste die Mutter die sich über Nacht gebildete Eisdecke aufhacken um Wasser daraus schöpfen zu können. In ganz argen Kältezeiten wurden die Eisstücke in die Stube gebracht, um sie dort aufzutauen. Es ist für die Menschen unserer Zeit unvorstellbar, unter welchen Umständen damals der Alltag bewältigt werden musste. Es begann bereits mit der Wohngelegenheit. Bei uns gab es dafür nur eine kleine so genannte Stube, in der sich das Alltagsleben abspielte.

Auf einer Fläche von etwa 10 m^2 stand eine gemauerter Herd mit einem Warmwasserbehälter, dem Schiff, ein Tisch um den sich die Familie zum Essen einfand, eine alte Truhe, die als Krankenbett ihre Dienste leistete und Vaters Arbeitsplatz, eine kleine erhöhte Treppe mit einem Tisch und dem Schusterstockerl. Eine kleine Bank mit einer Waschschüssel, eine Kredenz, wo das Geschirr aufbewahrt wurde und eine Holzablage ergänzten das Mobiliar des Wohnraumes. So bescheiden wie die Wohngelegenheiten war auch der Speisezettel in der Zeit während und nach dem Krieg. Die Mutter brachte es aber trotzdem fertig, aus einfachen Zutaten bekömmliche Speisen zuzubereiten.
Zeitig im Frühjahr gab es Brennnesselspinat, Brennnessel- und Hollerkrapfen, Salat aus der würzigen Brunnenkresse und Bärlauchgerichte. Zwischendurch kochte die Mutter Grieß- und Einbrennkoch, Erdäpfel- und Möhrenkoch sowie Bohnengerichte und Polentasterz. Falls es einmal ein Stück Selchfleisch gab und dazu Mehlknödel, aßen wir auch den Absud des Fleisches und der Knödel als Suppe. Diese verfeinerte die Mutter mit etwas Ziegenmilch und reichlich Schnittlauch. Der Sommer hielt reichhaltig Gemüse aller Art bereit, dementsprechend fiel auch der Speiseplan aus. Die beste Zeit war natürlich der Herbst, denn aus Äpfeln, Zwetschken, Weintrauben und Holunderbeeren brachte die Mutter köstliche Süßspeisen auf den Tisch.
Es war keineswegs leicht die täglichen Hausarbeiten ohne Hindernisse zu erledigen. Da die kleine Wohnstube als einziger Raum beheizbar war, spielte sich alles darin ab. Die Mutter kochte, saß am Spinnrad, bügelte die Wäsche mit einem Stachel- oder Kohleeisen während der Vater seine Tätigkeit als Schuhmacher ausübte. Oft saßen auch Kundschaften eine geraume Zeit bei ihm um auf ihre Schuhe zu warten. Während sich der Vater bemühte, sie rasch zufrieden zu stellen, erzählte er ihnen lustige Geschichten, die besonders den Kindern viel Freude bereiteten. Da es keinen elektrischen Strom im Haus gab, hieß es abends, beim Licht einer Petroleumlampe des Öfteren noch

dringende Arbeiten zu verrichten. Damals gab es in den Häusern am Land kaum Toiletteanlagen im Wohnbereich. Die so genannten Plumpsklos befanden sich gänzlich im Freien, in der Nähe der Stallungen. Unser Abort, so nannten wir das kleine Häuschen zwischen Misthaufen und Ziegenstall, hatte keine Tür und der offenen Zugang mit dem schmalen Sitzbrett befand sich zu allem Übel auch noch zur Seite nach Westen zu, die als unruhige Wetterseite bekannt ist. Im Winter blies der Wind den Schnee hinein, so dass des Öfteren das schmale Sitzbrett, an dem man sich festhalten musste, um nicht rücklings in die Fäkalien zu stürzen, total verschneit und daher eiskalt war. Abgesehen davon, dass jeder bemüht war, so rasch als möglich diesen unbequemen Ort wieder zu verlassen, kam es natürlich vor, dass man sich eine schmerzhafte Blasenentzündung oder einen Darmkatarrh zuzog.

Die Wohnqualität verbesserte sich erst in den späten 40er Jahren als sich der Vater eine gemauerte Holz- und Reisighütte zu einer Werkstatt umbaute und einrichtete. Mit dem Einleiten des elektrischen Stromes, verlor auch die düstere, dunkle Winterszeit ihre unangenehmen Nebenerscheinungen. Wir konnten nun an den langen Abenden einer sinnvollen Beschäftigung nachgehen.

Meine Hauptschulzeit 1951 – 1955

mit meinen Freundinnen Aloisia Berger und Poldi Irrgeher.

Darunter:
Die Mädchen der 4C mit Klassenvorstand Karl Steinkellner.

Hauptschulzeit

Im September 1951 begann für mich die Hauptschulzeit in Perg. Anfangs war ich etwas traurig, weil ich die Freunde aus der Volksschule zurücklassen musste. Obwohl der Schulweg nun mit einem Autobus zurückgelegt werden konnte, vermisste ich die so vielfältige Umgebung des weiten Weges von Altenburg nach Windhaag, den ich bisher zu Fuß bewältigen musste. Erst jetzt begriff ich wie schön und naturverbunden dieser Weg war.
Die zahlreichen Obstbäume in den Gärten, die im Frühling mit ihren Blüten und im Herbst uns mit süßen Birnen und rotbackigen Äpfeln erfreuten, sowie die Kirschen, die im Frühsommer verlockend zur Verkostung einluden, gehörten der Vergangenheit an. Ich hatte auch keine Gelegenheit mehr der lustigen Sommerbeschäftigung, die zirpenden Grillen mit einem Grashalm aus den Löchern zu locken, nachzugehen. Auch die wunderbare Einrichtung der Hitzeferien gab es in der Hauptschule nicht mehr. Dies alles kam mir in den ersten Wochen meiner Hauptschulzeit nochmals in den Sinn und erzeugte eine gewisse Sehnsucht nach diesen verlorenen Dingen. Da zu allem Übel die Busfahrt meistens eine qualvolle Angelegenheit war, vermisste ich meinen ehemaligen Schulweg umso mehr. Der Autobus, der uns bereits um sieben Uhr früh in die Schule brachte, war derart überfüllt, dass man froh sein musste überhaupt noch mitfahren zu können.
Nur unter Aufwand aller Kräfte, gelang es in das Innere des Busses zu kommen. Da wurde angeschoben und gestoßen und es kam vor, dass man aus Platzmangel plötzlich den Boden unter den Füssen verlor und buchstäblich von der Menge eingeklemmt war, sodass ein Umfallen unmöglich war. Manchmal bekam man Platzangst und man musste froh sein nicht zu ersticken. Dieses Transportmittel war derart überbelastet, dass des Öfteren die Bremsen streikten und der Fahrer mit Müh und Not sein Fahrzeug unter Kontrolle halten konnte. In den Wintermonaten konnten wir

Die 3. Klasse C in der Hauptschule Perg.
Ein Bild beim Unterricht im Physiksaal 1954.

erst um sechs Uhr abends zurückfahren. Deshalb sehnten wir uns nach den Frühling, um endlich mit dem Fahrrad zur Schule fahren zu können. Einen ganzen Tag im Schulgebäude verbringen zu müssen, war für mich eine große Belastung. Nach kurzer Zeit hatte ich mich aber in meiner neuen Umgebung eingelebt, fand neue Freunde und besuchte nun gerne die Hauptschule. Bald dachte ich nicht mehr an die Volksschulzeit zurück und konzentrierte mich voll und ganz auf den Unterricht. Die Lehrkräfte bemühten sich, uns ihr Wissen in ihren Fächern zu vermitteln und behandelten uns gerecht. Unser Klassenvorstand Karl Steinkellner verstand es uns bei Laune zu halten und so bemühten wir uns auch mit Freude und Fleiß gute Noten zu bekommen. In den letzten Schuljahren kam auch der Spaß nicht zu kurz und die Wochen verflogen wie im Wind. Die Burschen in unserer Klasse entwickelten sich sogar zu Kavalieren und fanden es nicht mehr notwendig uns Mädchen zu ärgern. Einige sorgten regelrecht für Unterhaltung, wie zum Beispiel der sympathische Josef. Er war der beste Sänger in der Klasse und spielte während des Unterrichtes gerne mit seiner Taschenuhr. Er ließ sie an der langen Kette hin- und herbaumeln um uns zum Lachen zu bringen. Ich denke immer an den Josef und seine Uhr wenn ich die Operette die Fledermaus sehe. Sowie Eisenstein ließ auch er seine Uhr hin- und herzappeln. Die Hauptschulzeit ging für mich im Juli 1955, also einige Monate nach der Unterzeichnung des Staatsvertrages zu Ende. Beim Abschied von Lehrern und Schüler gab es sogar Tränen. Zu sehr haben uns die vier Jahre in Freundschaft zusammen geführt. Doch nun war es an der Zeit einen neuen Lebensabschnitt zu beginnen und alsbald in die Arbeitswelt einzutreten.

Der dreiste Knecht

Im Alter von 14 Jahren war es bereits meine Aufgabe in den Sommerferien den Bauern bei den Erntearbeiten zu helfen. Ich erinnere mich an einen sehr heißen Julitag an dem ich von neun Uhr vormittags bis zum Sonnenuntergang auf dem Kornfeld beim Schnittern half.

Meine Aufgabe bestand darin, die von den Frauen abgelegten Kornbündel zu Garben zu binden. Mir schmerzten schon die Hände, weil sie von den scharfen Stoppeln zerstochen waren und bluteten. Ich war daher heilfroh, als endlich die Bäuerin zum Feierabend machen aufforderte. Im Haus am großen Eichentisch stand bereits eine schon von weitem duftende Einmachsuppe. Müde ließen sich die Schnitter auf die Bank nieder und löffelten genüsslich die Suppe aus einer großen irdenen Schüssel.

Die Bäuerin brachte dann noch einen Schweinsbraten mit Kraut und Kartoffelknödel. Zum Abschluss gab es noch Schnitterkrapfen und Kaffee. Nach diesem üppigen äußerst schmackhaften Essen verabschiedeten wir uns von den Bauersleuten. Die Bäuerin gab jeden noch zwei Krapfen mit nach Hause und der Bauer bezahlte jeden der Schnitter. Auch für mich gab es nach diesem starken Arbeitstag eine angemessene Entlohnung. Die Bäuerin gab mir einen frischen Laib Brot und vom Bauern erhielt ich zwanzig Schilling. Ich trat zufrieden und glücklich meinen Heimweg an, den Laib Brot unter dem Arm und die Krapfen in die Schürze gewickelt. Es wurde schon dunkel und ich hatte ein ungutes Gefühl als ich den langen Hohlweg vor mir sah. Hoffentlich komme ich da unbeschadet durch und es lauert mir kein Wegelagerer auf, der mir am Ende den Brotlaib und die Krapfen wegnimmt, dachte ich. Ich begann zu laufen, da hörte ich ein Pferdefuhrwerk herankommen. Ich blieb stehen, damit der Fuhrmann an mir vorbei fahren könne. Doch das Fuhrwerk hielt direkt vor mir an und ein mir bekannter Bauersknecht stieg ab und ging auf mich zu.

„Na so spät noch unterwegs, mein schönes Fräulein?“, sagte er. Ich stand nun da und konnte nicht weglaufen, da das Gefährt mir den Weg versperrte. „Ja was haben wir denn da, einen Brotlaib, den gibst du aber sofort her, du hast ihn sicher aus der Vorratskammer gestohlen:“, sagte der freche Kerl, nahm mir den Laib weg und legte ihn auf den Leiterwagen. Das war mir aber zuviel und ich forderte ihn forsch auf, den Brotlaib sofort wieder herzugeben, da ich den ganzen Tag fleißig gearbeitet hatte und mir die Bäuerin dafür das Brot gegeben hatte. Der Bursch lachte nur und sah nun auch die Krapfen in meiner Schürze. „Hm, was haben wie denn da im Schürzerl, köstliches Gebäck, das lass ich mir gleich gut schmecken:“, spottetet er und wollte mir auch noch die Krapfen nehmen. Ich drehte mich rasch zur Seite doch er erwischte mein Schürzenband, sodass dieses abriss. Die Krapfen kollerten vor die Hufe der Pferde, die diese als willkommene Futterabwechslung genüsslich fraßen. Meine Geduld war nun zu Ende, ich fragte denn Knecht was er denn noch von mir wolle, da er doch das Brot und die Krapfen schon hatte. Er lachte dreist, zog mich fest an sich und sagte: „Ich will dir jetzt was geben, da wirst du eine Freude haben, das sag ich dir. Wir machen gleich ein schönes Spiel mit meinem großen Zauberstab. Komm greif ihn an, dann wird er riesengroß und hart wie ein Haselstock.“ Ich war so erschrocken und wollte mich aus seiner Umklammerung losreißen. Als er merkte, dass ich mit seinem Spielchen nicht einverstanden war und nichts wie weg wollte, drückte er mich noch fester an sich. Ich bekam kaum Luft zum Atmen, denn er roch ziemlich stark nach Schweiß, Tabak und Pferden. In meiner Verzweiflung gab ich ihm einen festen Tritt gegen das Schienbein und hoffte, dass er mich dann loslassen würde. Doch das zeigte bei dem Burschen keine Wirkung und er zog mich abseits in ein Gebüsch. „Zier dich doch nicht so, du blöde Gans!“, schimpfte er und seine Stimme klang wild entschlossen sein Vorhaben auszuführen. „Komm endlich, wir lassen jetzt meinen Zauberstab aus dem Sack, der wird dir bestimmt gefallen, das kann ich dir versichern. Du weißt ja gar nicht wie scharf die Weiber auf das Superding sind, die betteln ja geradezu darum, verstehst du und dann schreien sie vor Lust und Wohlgefallen, wenn sie ihn bekommen haben. Du weißt überhaupt nicht, was dir da entgeht, du solltest froh sein, dass ich dir meinen Zauberstab zur Verfügung stelle, der sich bei dir besonders viel Mühe gibt, um dich zu befriedigen." Ich begriff den Ernst meiner Lage und beschloss diesem Großmaul zu zeigen, dass ich keinerlei Interesse an seinem Vorhaben hätte. Mit letzter Kraft riss ich mich los und versetzte dem Kerl eine schallende Ohrfeige und einen gezielten Tritt in die Gegend seines Zauberstabes. Diese Aktion zeigte endlich Wirkung und war von Erfolg gekrönt. Der Bursche stieß einen grellen Schrei aus und griff sich mit beiden Händen an die Trittstelle. „Du verdammtes Luder, das wirst du noch bereuen!", schrie er. Ich holte rasch meinen Brotlaib vom Leiterwagen und rief dem dreisten Knecht zu, er solle sich doch seinen blöden Zauberstab an den Hut stecken. Dann lief ich schleunigst nach Hause.

Den Hohlweg mied ich in Zukunft, denn auf solche Erlebnisse konnte ich wahrlich verzichten. Ich ging diesen Weg nie mehr alleine, selbst wenn ich dadurch einen großen, zeitraubenden Umweg machen musste.

Meine ersten Berufsjahre

Nach dem Abschluss der Hauptschule, kam ich am 1. September als landwirtschaftliche Praktikantin auf den Hof der Familie Mayr, vulgo Radwallner in Rumpfendoppl. Der große, als Musterhof anerkannte, Bauernhof gehörte zur Gemeinde Pötting im Bezirk Grieskirchen, an der Eisenbahnlinie Neumarkt-Kallham-Pötting-Niederspaching-Peuerbach. Meine Praktikantentätigkeit diente zur Vorbereitung des Berufes einer Land- und Hauswirtschaftslehrerin, den ich einmal ausüben wollte. Am Radwallnerhof waren bereits einige Mädchen tätig, die sich auch für den gleichen Beruf interessierten. Ich wurde von allen Leuten am Hof freundlich aufgenommen. Da waren die Bauersleute, deren Kinder zwei Buben und ein Mäderl, die Eltern des Bauern und einige Dienstboten. Die Altbäuerin führte in der Küche ihr Regiment und brachte hervorragende Speisen auf den Tisch.
Eine Spezialität von ihr war der Surbraten mit Zwetschkenkompott. Sie hatte auch ein Herz für die Dienstboten und kaufte uns einmal in der Woche, wenn der „Wurstbäcker“ kam, eine Knacker und ein Semmerl. An jedem Sonntagnachmittag bekamen wir zum Tee eine von ihr angefertigte Oblattentorte. Auch das Essen während der Woche war reichlich und schmackhaft. Ich fühlte mich trotz der vielen Arbeit wohl, versuchte anständige Arbeit zu leisten, sodass die Bauersleute mit mir zufrieden waren. Der Altbauer war ein humorvoller Mann und konnte es mitunter nicht lassen, uns Mädchen ein wenig zu necken.
Er brachte uns zum Lachen und es machte ihn auch nichts aus, wenn wir uns auch einmal einen Scherz erlaubten. Er nannte uns „Menscha“ und lachte gerne mit uns, wenn wir ihn scherzhaft ein Sprücherl, passend zu seinem Namen Matthias, zum Besten gaben. Das war die Aufgabe von Maria, sie war die schneidigste unter uns: „Hiasl ho, ho, lass ihn Fensterstock da, du kannst ihn net braucha und mir geht er ab!“, sprach sie keck zum Altbauern, wenn dieser sich wieder einen lustigen Scherz einfallen ließ um uns etwas zu ärgern. Diese eher

seltenen Alltagsaufheiterungen trugen zur guten Stimmung bei, die uns die Arbeitstage bereicherten.
Es blieben mir viele schöne Erinnerungen an die Zeit in Rumpfendoppl. Dabei begann meine Dienstzeit nicht sehr verheißungsvoll, da ich gesundheitliche Probleme hatte. Über Nacht bekam ich plötzlich ganz fürchterliche Schmerzen in der linken Hand. Ich konnte die ganze Nacht nicht schlafen. Als ich am Morgen aufstand um meiner Arbeit im Stall nachzugehen, bemerkte ich, dass meine Hand stark geschwollen war und dunkelblau aussah. Die Bäuerin sorgte dafür, dass ich sofort zum Arzt nach Neumarkt fahren konnte. Es war der Hausarzt der Bauersleute, dem sie mich mit meiner bedenklichen Erkrankung anvertraute. Der Arzt erkannte auch sofort den Ernst meines Übels und stellte fest, dass ich eine Blutvergiftung hätte. Er war sichtlich besorgt und rief sogleich nach seiner Assistentin. Er erfahrene Arzt, der auf mich beruhigend und gütig wirkte, zögerte nicht lange um mich zu operieren. Ich bekam eine Narkose und musste wohl in meinem Ätherträumen fürchterlich gejammert haben, denn als ich wieder ansprechbar war, fragte mich die Assistentin besorgt, ob ich am Ende alles gespürt hätte. Ich verneinte und erschrak derart, als ich das viele Blut in einer Schüssel neben mir sah, dass ich gleich wieder in Ohnmacht fiel. Es sah aus wie eine schwarze, dickflüssige Brühe und ich konnte mir unmöglich vorstellen, dass das alles aus meiner Hand gekommen sein sollte. Der Arzt verband meine Wunde, durch die er eine dicke Masche gezogen hatte, damit das noch in der Hand zurückgebliebene, schlechte Blut austreten konnte. Ich bedankte mich beim Arzt und war froh, dass ich wenigstens nicht ins Krankenhaus musste. Noch etwas benommen machte ich mich auf den Weg zum Bahnhof, um sogleich wieder an meinen Dienstplatz nach Pötting zurückzufahren. Dabei wurde mir auf einmal derart übel, dass ich dachte mein Ende sei nahe. Ich hatte Glück, denn eine ältere Dame bemerkte meinen elenden Zustand und bot mir ihre Hilfe an. Sie hatte Montanatropfen bei sich und gab mir einige davon auf einem Stück

Zucker. Ich wischte mir den kalten Schweiß von der Stirn und saß kreidebleich und abwesend im Zugsabteil. Langsam besserte sich mein Zustand, sodass ich in der Lage war, wieder einen klaren Gedanken zu fassen. Ich bedankte mich nun bei der alten Dame und hoffte, soviel Kraft aufzubringen, um von der Haltestelle bis zum Hof zu kommen und mich endlich etwas erholen zu können. Ich musste noch einige Male zum Arzt um die Wunde behandeln zu lassen. Nach einer Woche hatte sich mein Zustand so weit gebessert, dass ich wieder meiner Arbeit nachgehen konnte.
Mit viel Arbeit und auch schönen Erlebnissen verging Monat um Monat und den Winterarbeiten folgte die Tätigkeit im zeitigen Frühling. Dazu gehörte auch das „Misteinrübeln" auf den Wiesen. Die ganze Dienstbotenschar rückte aus, bewaffnet mit einem Rechen, um den im Herbst ausgestreuten Stallmist am Boden zu zerkleinern. Ich hatte einen schon etwas morschen Rechen erwischt und konnte es nicht verhindern, dass dessen Zähne immer weniger wurden. Kaum rückte ich einen größeren Mistbrocken zu Leibe, machte es einen lauten Knacks und schon hatte der Rechen einen Zahn weniger. Wie sollte ich mit einem derart in Mitleidenschaft gezogenen Arbeitsgerät meine Tätigkeit auf der Wiese ausführen. Die übrigen Dienstboten neben mir lachten und mir wurde langsam etwas ungut zu Mute, denn mittlerweile hatte mein Rechen auch das letzte Zähnchen von sich gegeben. Da stand ich nun mit dem zahnlosen Arbeitsgerät, während der Bauer kam um Nachschau zu halten. Verflixte Geschichte, was mache ich nur wenn der Bauer mein kaputtes Arbeitsgerät sieht, da wird es bestimmt eine saftige Rüge geben. Ich stand da wie ein Häufchen Elend und machte eine sehr besorgte Mine, sodass der Knecht Ernst sich meiner erbarmte und mit mir das Arbeitsgerät tauschte. Blitzschnell schnappte er sich meinen invaliden Rechen und gab mir seinen dafür. Da kam auch schon der Bauer über die Wiese gegangen und sah Ernsts kaputtes Arbeitsgerät. Sogleich fing er mit den Burschen arg zu schimpfen an und drohte ihm eine Ohrfeige zu geben. Da erfasste mich mein Stolz

und Ehrgefühl, ich ging zum Bauern und gestand ihm mein Vergehen: „Bauer, ich habe den ohnehin schon morschen Rechen kaputt gemacht, nicht der Ernst!“ Der Bauer sah uns beide an, schüttelte den Kopf und sagte: „Ihr seid mir vielleicht eine verrückte Gesellschaft!“
Ich bedankte mich beim Knecht Ernst für seine kollegiale Haltung und schenkte ihm ein Lächeln.
Nach einem heißen, arbeitsreichen Sommer, zog der Herbst ins Land und es hieß für mich Abschied nehmen. Das erste Jahr als Praktikantin war vorbei.
Das 2. Jahr begann ich nun bei der Familie Mayerhofer, Weidner, in Oberzirking, Pfarre Ried/Riedmark. Ich begab mich damit wieder näher zu meiner Familie, die ich während des vergangenen Jahres äußerst selten sah und sehr vermisste.

Ein Bild von mir aus dem Jahr 1957.

Meine Zeit beim Weidner

Es begann recht zuversichtlich, denn die Bauersleute und deren Sohn Hans holten mich sogar von meiner Dienststelle aus Rumpfendoppl ab. Sie scheuten den weiten Weg nicht und selbst eine Panne mit dem Auto konnte sie nicht daran hindern, mich spät in der Nacht nach Hause zu meinem neuen Arbeitsplatz zu bringen.

Bei der Familie Mayerhofer erlebte ich trotz vieler Arbeit eine glükkliche Zeit. Ich war als Praktikantin tätig und eine Magd arbeitete auch am Hof. Ich verstand mich sehr gut mit den Bauersleuten und fühlte mich richtig wohl. Die Arbeit im Haus und auf den Feldern machte mir großen Spaß. Ich durfte mit der Familie an den Sonntagen zum Gottesdienst fahren und wurde auch bei so mancher Ausflugsfahrt am Sonntagnachmittag mitgenommen.

Der schwarze Fiat, den die Familie neu erstanden hatte, machte allen sichtlich Freude. Damals Mitte der fünfziger Jahre begann der Aufschwung und die Modernisierung nach der langen Kriegs- und Besatzungszeit. Endlich war Österreich wieder frei und die Menschen konnten sich durch Arbeit und Fleiß allmählich ein Leben ohne Not und Entbehrungen mit einem beginnenden Wohlstand einrichten. Dazu gehörte auch die Anschaffung eines Autos. Die Traktoren begannen in der Landwirtschaft, die Pferde und Ochsen abzulösen. Zuerst gab es am Weidnerhof einen Traktor und ein Pferd. Der Fritz, so hieß das gutmütige Tier leistete neben dem Traktor noch seine Dienste auf den Feldern, beim Einsatz der Sämaschine, beim Rübenblätter einfahren, und auch beim Einbringen des Grünfutters. Später kam ein zweiter Traktor auf den Hof und für Fritz hieß es Abschied nehmen. Mir tat Fritz leid, denn ich hatte ihn lieb gewonnen, da er ja im Kuhstall bei den Kühen seinen Platz hatte und ich täglich mit ihm zu tun hatte. Ich erlebte beim Weidner viele schöne aber auch traurige Stunden. Ich erinnere mich an die schönen Weihnachtsfeste mit den dafür umfangreichen Vorbereitungen. Im Advent, der stillsten Zeit des Jahres begann das Backen der köstlichen Kekse, wobei ich tatkräftig mithelfen und auch kosten durfte. Kurz vor Weihnachten wurde ein Schwein geschlachtet. Neben den vielen guten Speisen aus Schweinefleisch, stellte die Bäuerin die schmackhaften Bratwürstl her, die am heiligen Abend als besondere Köstlichkeit verspeist wurden. Das ganze Haus duftete von den Zutaten des Kletzenbrotes, das natürlich nicht fehlen durfte. Zu einer Besonderheit, die für mich gänzlich neu war, zählte der selbst gemachte Likör. Kurz vor dem Fest half die ganze Familie mit, dieses aus verschiedenen Geschmacksessenzen und Weingeist, vorzügliche Getränk herzustellen. Dabei war es natürlich notwendig, jede Sorte zu verkosten, was des Öfteren eine gutgelaunte Gesellschaft mit einem kleinen Schwipserl zu folge hatte. Da ich ja wie ein Familienmitglied behandelt wurde, freute ich mich über die Besuche der Verwandtschaft. Ganz besonders freute ich mich über die Besuche der Tochter Maria, die in Weyregg in der Haushaltungsschule als Lehrerin tätig war. Die ganze Familie erfreute sich an den lieben netten Aufenthalten der Tochter Maria im Elternhaus.

Wie es im Leben so ist, gab es auch traurige Ereignisse. Ich erinnere mich an ein Jahr, da hatte die Familie eine besondere Prüfung zu überstehen. Nicht genug, dass der Sommer derart verregnet war, sodass der Weizen auf der Wurzel keimte und die bereits zu Mandl aufgestellten Garben, grün austrieben und deshalb auch der Kern nicht mehr zu gebrauchen war, traf die Familie ein weiteres Unglück. Im Sommer begann die Krankheit von Sohn Karl, der bereits eine Operation auf Grund eines Gehirntumors überstanden hatte, wieder auszubrechen. Sein Zustand verschlechtere sich zusehends und bald war alle Mühe der Ärzte vergebens. Der hoffnungsvolle junge Mann starb am 26. Oktober 1957 im Alter von 19 Jahren. Dieser Schicksalsschlag traf die Familie sehr hart. Ich wollte helfen und ein wenig Trost spenden so gut ich konnte, wusste aber, dass der Schmerz sehr tief saß und nicht so schnell geheilt werden konnte. Das Leben musste aber weitergehen und nach einiger Zeit kehrte wieder der Alltag ein. Nach meinen Praxisjahren wurde ich aufgefordert, die Aufnahmsprüfung in der Höheren Bundeslehranstalt für landwirtschaftliche Frauenberufe in Wels abzulegen. Bestens vorbereitet und mit einem guten Gefühl fuhr ich nach Wels. Schon beim Vorstellen fragte mich ein Prüfer ob ich von einem Bauernhof stamme oder die Tochter eines Lehrers sei. Ich musste in beiden Fällen verneinen und der Prüfer machte sich seine Notizen. Die Prüfung selbst fand ich nicht sonderlich schwer, war aber etwas besorgt über das Verhalten des nächsten Prüfers, der mir den mündlichen Teil der Aufgaben abnahm. Es kam mir so vor, als ob er die Sache nicht Ernst nehme und gar nicht so recht auf meine Antworten einging. Er lächelte und sagte zu mir: „Sie können schon gehen, ist schon genug, mir fallen keine Fragen mehr ein." Ich fuhr mit dem Zug wieder zu meiner Dienststelle und hoffte auf ein baldiges Ergebnis meiner Prüfung. Nach einer Woche flatterte dann der Brief ins Haus, der mich beim Lesen fast in eine Salzsäule erstarren ließ. „Wir teilen Ihnen höflich mit, dass sie auf Grund zu vieler Bewerber und des dadurch entstehenden Platzmangels leider nicht aufgenommen werden können. Da auch die nächsten Semester bereits ausgebucht sind, tut es uns leid, sie auch da nicht aufnehmen zu können." Ich war sprachlos und total verwirrt, nun hatte ich zwei Jahre verloren und konnte auch keinen anderen Beruf mehr beginnen. Mit einem Alter von 16 Jahren findet man auch keine Lehrstelle mehr. Mein Wunschtraum vom Beruf einer Landwirtschaftslehrerin war ausgeträumt und schwamm den Bach hinunter. So ist mein Leben gänzlich anders verlaufen als ich es geplant hatte. Es hieß weiterarbeiten zum Teil in der Landwirtschaft, später im Gastgewerbe und als Fabriksarbeiterin. Vorerst blieb ich noch ein weiteres Jahr beim Weidner, denn ich musste mich von meiner Enttäuschung mit Arbeit ablenken. Es war ein Jahr ohne besondere Ereignisse, geprägt von Arbeit und der Ungewissheit über meine Zukunft. Da ich nun schon 16 Jahre alt war, beschloss ich mir ein Moped anzuschaffen. Mit meinem

Ersparten konnte ich mir diesen kleinen Luxus leisten. Es ergab ein schönes Gefühl mit einem eigenen Fahrzeug ohne Muskelkraft überall in kürzester Zeit hin zu gelangen. Nach den anfänglichen Schwierigkeiten, mangels zu geringer Erfahrung, wurde mir das Moped zu einem treuen Begleiter, den ich alsbald nicht mehr missen wollte. Es ermöglichte mir nun öfters meine Familie zu besuchen.
Für meine Eltern und meinen Bruder war das eine große Freude. Sie begrüßten meine Anschaffung und ließen es sich nicht nehmen, das Fahrzeug auch einmal auszuprobieren. Gerne erfüllte ich ihnen den Wunsch und ich staunte nicht schlecht, als auch die Mutter das Moped bestieg und ausprobierte. Diese neue Errungenschaft gab mir ein Gefühl von Freiheit und Unabhängigkeit. Ich konnte mir die Fahrzeiten selbst einteilen und war nicht mehr abhängig von einem öffentlichen Verkehrsmittel. Mein treues Gefährt ließ mich nie im Stich und war ein Begleiter meiner Jugendzeit, bis ich den Autoführerschein erwarb und mir ein gebrauchtes Fahrzeug anschaffte. Das Moped bekam mein Bruder, den es auch wertvolle Dienste leistete.
An ein Erlebnis in meiner Zeit beim Weidner denke ich noch manchmal zurück. Es zog damals der Jesuitenpater Leppich durchs Land und sprach in den Städten und größeren Orten zum Volk. Seine Predigten lockten viele Menschen an. Als er einmal in Linz seinen Auftritt hatte, beschlossen die Bauersleute hinzufahren. Ich war glücklich mitgenommen zu werden. Es herrschte bereits großer Andrang und eine große Anzahl von Zuhörern befand sich vor dem Balkon von dem aus der Pater zum Volk sprach. Er redete den Leuten ins Gewissen und wetterte wegen des Sittenverfalles und so manchen Ausschweifungen. Nachdem er bereits eine Stunde seine wohlgemeinten Ratschläge lautstark erteilt hatte, bekam ich plötzlich einen Schwächeanfall. Die Menge stand so dicht gedrängt, dass zwar ein Umfallen ausgeschlossen war, aber der Sauerstoffmangel hinterließ bereits seine Spuren. Es wurde plötzlich schwarz vor meinen Augen und ich versank für einige

Minuten in eine Ohnmacht. Die Bauersleute kümmerten sich natürlich um mich, jedoch ein Ausbrechen aus der Menge war unmöglich. Nachdem ich das Bewusstsein wieder erlangt hatte, schreckte ich plötzlich durch einen lauten Satz des Paters auf, der da lautete: „Kommt doch endlich zur Vernunft, ich frage euch, muss denn jede Kuhdirn nach Paris!“ Ich war verwirrt ob dieses Ausspruches und muss ehrlich sagen, dass ich mit diesen Worten wenig anfangen konnte. Was sollte denn das heißen, „muss denn jede Kuhdirn nach Paris“. Eine Kuhdirn in Paris, was könnte sie denn da anstellen? Ich schüttelte den Kopf und sagte zu den Bauersleuten: „Bitte gehen wir bevor mir nochmals schlecht wird.“ Sie kamen meiner Bitte nach und ich war froh, endlich diesem Trubel entkommen zu sein.

Mein 1. Moped Dezember 1957

Auch die Mutter fand Gefallen an meinem fahrbarn Untersatz.

Die Zeit im Gasthaus Kurz

Nach den schönen Jahren beim Weidner entschloss ich mich zu einem Postenwechsel ins Gasthaus Kurz nach Ried. Die Familie Kurz aus Mauthausen hatte das ehemalige Gasthaus Engelhardt gekauft. Der Sohn Karl und ich bemühten uns die Gastwirtschaft ordentlich zu führen, wobei natürlich zu besonderen Anlässen und größeren Veranstaltungen, die gesamte Familie Kurz mithalf. In der Küche waren damals die noch heute aktive Köchin Resi Wall, die sich ihre hervorragenden Kochkenntnisse in der Schweiz angeeignet hatte, und die resolute Moser Liesl tätig. Letztere hatte auch die Aufgabe für Ordnung zu sorgen, wenn junge Hitzköpfe aneinander gerieten und der Wirt Karl nicht in der Nähe war. „Liesl schnell komm, sie raufen schon wieder!“, rief die Kellnerin Erika Brunhofer in die Küche. Da trat die kräftige Köchin den Kampfhähnen entgegen, packte sie am Kragen, schlug ihnen die Köpfe aneinander und beförderte sie ins Freie. Die Burschen führten dann draußen den Kampf weiter, rissen eine Latte vom Zaun des Mayr-Garten und gingen damit aufeinander los.
Die Rauferei nahm erst dann ein Ende, wenn einer blutend und jammernd am Boden lag. Weil mir der arme Kerl dann doch leid tat, wenn er in die Küche torkelte und um Hilfe bat, musste ich des Öfteren auch Sanitätsdienste leisten. Als leicht und sorglos konnte ich diese Jahre nicht bezeichnen. Abgesehen von der vielen Arbeit kam es auch öfters vor, dass ich mich eines ungebetenen Verehrers unsanft entledigen musste, falls dieser schon vor meiner Schlafzimmertür Posten bezogen hatte. Manchmal bedurfte es einer gehörigen Portion Kraft und viel guten Zuspruchs, um diese unangenehme Situation zu bereinigen. Ich habe auch so manche peinliche Angelegenheit miterlebt, oder bin dabei Zeuge geworden.
Eines Tages stürzte ein erboster Vater ins Gastzimmer und beschimpfte mich grundlos. Er fand seinen Sohn völlig betrunken vor dem Gasthaus sitzend und dachte er hätte sich den Rausch bei mir ange-

trunken. Ich musste mir daher seine Vorwürfe anhören, weil ich den Burschen angeblich absichtlich soviel zu trinken gegeben hätte. Da ja der Gast König ist, durfte ich mir nicht erlauben, etwas zu meiner Verteidigung vorzubringen, obwohl ich völlig schuldlos war. In Wirklichkeit hatten sich die Marktburschen einen Scherz erlaubt und dem Studentlein einen gewaltigen Fetzen Rausch angehängt. Da er nicht mehr in der Lage war zu Vater und Mutter nach Hause zu gehen, schnappten die Burschen den Bedauernswerten und setzten ihn vor die Tür unseres Gasthauses. Ich weiß bis heute nicht, ob der gestrenge Herr Vater jemals erfahren hat, woher sein Sohn damals den Rausch hatte.

Ein anderes Mal wollte eine Frau ihren betrunkenen Gatten abholen. Dieser torkelte in die Küche und schnappte sich ein langes Fleischmesser um damit auf die Gattin loszugehen. Ich eilte ihr zu Hilfe und musste froh sein, nicht selbst verletzt zu werden, ehe es mir gelang, den Ehemann von seinem Vorhaben abzubringen.

Es kam auch leider des Öfteren vor, dass Gäste, die nicht mehr ganz nüchtern waren, den so genannten „Brunzwinkel" aufsuchen wollten um sich ihrer überschüssigen Flüssigkeit zu entledigen, dabei aber den Weg dorthin verfehlten und kurzerhand meine Besenkammer dazu benützten.

In Staunen versetzten mich eines Morgens die seltsamen Funde im Gemüsegarten, der sich gegenüber dem Gebäude der Post befand. Ich konnte mir nicht erklären, wie die reizvolle Damenunterwäsche in unserem Garten gelangt war. Da lag ein schwarzes Spitzenhöschen zwischen den Salatköpfen, ein roter Büstenhalter hing auf einer Ribiselstaude und ein bezauberndes Neglige, war auf dem Gartenzaun gelandet. Als ich so ratlos dastand und die Dinge betrachtete, kam ein älterer Herr vorbei und bemerkte spöttisch: „Ja sag einmal was ist denn da los, seit wann trocknest du denn deine Reizwäsche am Gartenzaun?", und ging lachend weiter. Ich kümmerte mich nicht um den „alten Genussspecht", wie ihn die Leute im Ort nannten und

verließ schleunigst den Garten. Insgeheim hoffte ich, dass die Besitzerin ihre, in meinem Gemüsegarten gelandeten Prachtstücke, holen würde. Da am Abend nicht viel Betrieb im Gasthaus war, beschloss im mich auf die Lauer zu legen und abzuwarten, was geschehen würde. Meine Ausdauer hat sich gelohnt, plötzlich ging die Tür auf, die Dame schob ihren Gatten vor sich her und befahl: „Bärli, hol die Sachen!". Gesagt, getan, „Bärli" sprang über den Gartenzaun, schnappte sich hurtig die steilen Textilien und beide verschwanden wieder im Haus. Wie und warum die Sachen in heißen Nächten öfters aus dem Fenster flogen, habe ich ja dann erfahren und auch beobachtet. Ich ziehe es aber vor über diese und so manch andere delikate Angelegenheit den Mantel des Schweigens zu decken.
In meiner Dienstzeit beim Kurz lernte ich auch den ehemaligen Besitzer des Gasthauses, Johann Engelhardt, kennen. Er war ein Beispiel dafür, dass Ansehen und Reichtum allzu vergänglich sind. Als Gastwirt und Fleischhauer zählte er lange Zeit zu den angesehenen Bürgern des Ortes und nun ging er, auf seinem Stock gestützt, nachdenklich in seinem ehemaligen Besitztum umher und wusste nicht, wem er angehörte. Manchmal kam er zu mir in die Küche und schärfte mir die großen Messer, wofür ich mich mit einem großen Lob bei ihm bedankte. Er kam jeden Tag pünktlich zu den Mahlzeiten und erzählte von früher.
Mir tat der alte gebeugte Mann leid und sofern ich Zeit hatte, hörte ich ihm gerne zu. Manchmal rief er nachts um Hilfe, wenn er sich im finsteren Gang nicht zurechtfand oder in seinem Zimmer zu Sturz gekommen war. „Fräun Herta, helfen sie mir!", rief er verzweifelt und ich kam natürlich seinen Bitten nach. Ich dachte mir: „Wie hart das Leben doch sein kann, da braucht jetzt eine alter gebrechlicher Mann, der eine große Familie hatte, die Hilfe eines Dienstmädchens, weil sich niemand mehr um ihn kümmert." Für mich war es eine Selbstverständlichkeit ihm helfend beizustehen.

Brauchtum und Aberglaube

In meiner Jugendzeit hielten die Menschen viel von der Pflege des Brauchtums, das sich durch das ganze Jahr wie ein roter Faden durchzog. Es begann bereits mit den Neujahrswünschen, wo die Kinder mit ihrem Sprücherl die Erwachsenen erfreuten und dafür ein paar Schillinge erhielten. „Ich wünsch, ich wünsch, ich weiß nicht was, greift's in den Sack und gebt mir was!“, so lautete ein ganz bekannter Spruch dieser Art. Das Fest der „Heiligen Drei Könige“ brachte die letzte fette Rauhnacht mit sich. Die Bauersleute achteten sorgsam darauf, dass die Tenne in der Scheune frei war, damit die „Heiligen Drei Könige“ um Mitternacht Platz zum Tanzen hatten. Es durfte sich keiner verletzen, damit die Familie im kommenden Jahr kein Unglück zu befürchten hatte. Aus diesem Beispiel ist erkennbar, dass sich zum Brauchtum auch der Aberglaube gesellte. Die Woche nach Maria Lichtmess galt bei der bäuerlichen Bevölkerung als „Schanggerlwoche, in der die Dienstboten ihre Arbeitsplätze wechselten. Die Weihe der Kerzen und Wachsstöcke, die bei Gewittern angezündet wurden um Haus und Felder vor Unwetter und Hagelschlag zu schützen, gehörte auch zum Brauchtum des Lichtmesstages.

Der Blasiussegen am 3. Februar sollte die Empfänger vor Halskrankheiten bewahren. Die Faschingszeit mit all ihren Belustigungen in Stadt und Land lebte nach dem Krieg erst wieder so richtig auf. Beim umfangreichen Faschingsumzug in Perg mit dem „Sauzipfexpress“ und der berüchtigten „Altweibermühle“, war die gesamte Bevölkerung des Bezirkes auf den Beinen.

Doch einmal ist auch das schönste Fest zu Ende und es folgte der Aschermittwoch, der den Beginn der 40-tägigen Fastenzeit einleitete. Der Priester erteilte den Gläubigen den Aschensegen um damit auf die Vergänglichkeit allen Irdischen aufmerksam zu machen. Danach folgten die Karwochen- und Osterbräuche, die zum Großteil auch heute

noch gepflegt werden. Der Palmbuschen, die Antlaßeier, das Ratschen am Karfreitag und Karsamstag, die Auferstehungsfeier, die eine kurze aber alles übertönende Botschaft von der Auferstehung Jesu verbreitete. Der Kult um das Osterei mit den verschiedenen Farb- und Malmustern, das Eierpecken und die Godngänge, sind auch heute noch bekannt.
Der Marienmonat Mai brachte neben den kirchlichen Festen und Andachten auch das beliebte Maibaumkraxeln mit sich. Dabei versuchten junge Burschen den Baum hinaufzuklettern um die verlockenden Dinge zu erhaschen, die am letzten Kranz angebracht waren. Gar mancher kühne Kletterer hatte Pech und musste bereits die köstliche Schokolade, die Stange Wurst, das Flascherl Wein oder das Packerl Zigarette schon zum Greife nahe vor sich, aus mangelnder Kraft aufgeben und auf die Belohnung seiner Mühe verzichten. Die Walpurgisnacht, auch „Unruhnacht“ genannt, brachte für so manche Bauersleute eine böse Überraschung. Einige boshafte Burschen hatten ihnen die Haustüre zugenagelt oder mit Holzscheitern verbarrikadiert. Ein mit Stallmist beladener Wagen auf dem First des Daches war keine Seltenheit. Der Mairegen galt als Wachstum förderndes Mittel für Kinder und Jugendliche.
Das Brauchtum zur Sonnenwende bestand aus Sonnwend- und Petersfeuer, die von den Anhöhen leuchteten. Der Peterstag galt als unheilträchtig, an dem es galt besondere Vorsicht walten zu lassen. Es hieß im Volksmund am Peterstag würden sich neun Menschen erhängen, neun zu Tode fallen und neun ertrinken. Ein weiteres Beispiel für das Vorhandensein des Aberglaubens.
Im Sommer und Herbst war auf Grund der Ernteeinbringung und der Herbsttätigkeiten wenig Zeit für Brauchtum und Aberglauben. Erst im Spätherbst, wenn die Tage kürzer und die Nächte länger wurden, begann wieder eine Zeit, in der für derlei Dinge die Menschen hellhörig wurden und aufmerksam den mystischen Erzählungen der Älteren unter ihnen Gehör schenkten. Da erzählte man von der „Wilden Jagd“,

die in unruhigen Nächten angeführt vom Pelzebub, den man auch Herr der Fliegen, Anführer aller Dämonen oder Mistgott nannte, vorübergaloppierte. An solchen Abenden und Nächten tat man gut im Haus zu bleiben um diesen Treiben nicht zu begegnen oder der gefürchteten Frau Percht hoch zu Ross nicht über den Weg zu laufen. Diese warf einem ein schwarzes Tuch über den Kopf und wehe man berührte dieses. Falls den Überfallenen vor Schreck der wichtige Satz nicht einfiel, der einem vor der bösen Gestalt schützen sollte, war man ein Kind des Todes. „Frau Percht, Frau Percht, wirf's Tüchl auf die Ercht!", hieß der Spruch der einem nicht nur rettete sondern auch zu einem Glückskind machte. Sehr gefürchtet bei den Kindern war der Thomasniegl, der so wie der Krampus, sie in einen Korb steckte, an einem Baum anband und elend erfrieren ließ. Die jungen Mädchen befragten beim Bettstattltreten den hl. Thomas über ihren zukünftigen Ehemann. Der heilige Nikolaus beschenkte die Kinder indem er in die vor das Haus gestellten Schuhe, kleine Geschenke legte. Zu früheren Zeiten, so erzählte die Großmutter, beschenkte nicht das Christkind die Kinder am heiligen Abend, sondern das goldene Rössl brachte bereits am 4. Adventsonntag Süßigkeiten, Äpfel, Nüsse und Kletzenbrot. Man erzählte sich auch, dass in der heiligen Nacht am 24. Dezember um Mitternacht die Tiere im Stall miteinander sprechen würden. Es war aber gefährlich sie zu belauschen, denn das gefiel ihnen ganz und gar nicht. Das Brauchtum um Weihnachten und Neujahr hat sich kaum geändert, lediglich die Knallerei in der Silvesternacht gab es damals noch nicht. Dieses lautstarke Begrüßen des neuen Jahres nahm von Jahr zu Jahr zu. Mit dem Räuchern gehen in den Rauhnächten erbat man betend die Gesundheit für Menschen und Tiere.

Früher hatten die Menschen wahrscheinlich noch mehr Fantasie und Vorstellungsvermögen, wenn sie Hexen auf einer Wiese zu sehen glaubten, die Tautropfen einsammelten und so manches Kräutlein pflückten. Manchmal glaubte man das Geheule und Gejammer einer armen Seele zu hören. Manche Leute erzählten von leuchtenden

Gestalten oder Lichtern, die auf der Wiese umher sprangen. Um an all das zu glauben bedarf es einer lebhaften Fantasie. Heute hat man für viele dieser geheimnisvollen Dinge eine plausible Erklärung. Das Geheule und Geächze der Bäume und dürren Äste, verursacht von den Winterstürmen die um die Dächer fegen, könnte man mit der wilden Jagd in Zusammenhang bringen. Was die Hexengestalten betrifft, bin ich sicher, dass so manches Kräuterweiblein in mondhellen Nächten nach Heilkräutern suchte. Die markdurchdringenden Schreie der Nachtvögel könnte man leicht als das Jammern armer Seelen deuten. Der Ruf des Steinkauzes, der auch als „Totenvogel“ Furcht und Schrecken bei den leichtgläubigen Zeitgenossen hervorrief, galt auch in meiner Kindheit noch als Unheil verkündend.
Diese Art von Erlebnissen verloren zu Beginn des modernen Zeitalters der Motorisierung auch in den ländlichen Gebieten an Bedeutung. Auch Radio und Fernsehgeräte, womit an langen Abenden die Menschen Unterhaltung fanden, trugen zu einer realistischeren Denkweise ohne Aberglauben und Dämonenwesen bei. Es gab dann wenige Menschen die in finsteren Nächten, in denen die Natur so manche unheimlich anmutende Laute und Gestalten bereithielt, auf einsamen Wiesen- und Waldwegen unterwegs waren. Die Zeit der langen Fußwege um zur Arbeit zu gelangen, ging durch die Benützung von Mopeds, Motorrädern und Autos zu Ende. Dies bedeutete das Aus für derartige gruselige Erlebnisse und Beobachtungen während eines Jahres.
Der Einzug von Radio und Fernsehen galt für mich damals als ganz etwas Besonderes. Ich erinnere mich noch genau, als Ende der 40er Jahre mein Vater ein gebrauchtes Radiogerät nach Hause brachte. Er stellte es am Fenster in der Stube auf und sogleich begann das Wunderding Laute von sich zu geben. Meine Neugier und das Staunen über dieses Gerät waren grenzenlos. Durch das Drehen an einigen großen Knöpfen funktionierte das Radio und eine Männerstimme berichtete über Neuigkeiten aus aller Welt. Ich betrachtete das Gerät von

allen Seiten und wurde nicht recht schlau daraus wie es möglich war, dass in einem so kleinen Kasten ein Mann sein konnte der zu uns sprach und Musik abspielte. Da brannte Licht und niemand war darin zu entdecken. Ich kam damals mit der Sache einfach nicht klar und bat den Vater mir zu helfen den Sprecher zu finden. Da lachte der Vater und sagte: „Weißt du, der Ansager sitzt in einem Tonstudio in der Stadt und seine Stimme und die Musik wird mit Schallwellen übertragen." Darunter konnte ich mir zwar nicht viel vorstellen, doch ich machte mir weiters keine Gedanken mehr. Ich genoss die Vorzüge des Radios, hörte gerne Musik und die Welt- und Sportnachrichten, wobei mir die mitreißenden Berichte der Sportreporter ganz besonders gefielen. Abends wurde für die Kinder das so genannte „Betthupferl" gesendet um das zu Bett gehen etwas zu verschönern.

Als nach dem Ende der Besatzungszeit 1955 das Fernsehen seinen Einzug hielt, war es vorbei mit den langen ruhigen Abenden. Der Fernsehapparat lieferte nun auch die Neuigkeiten und Veranstaltungsberichte in Wort und Bild ins Haus. Anfangs saßen wir oft so manche Stunde bei diesem Wunderding und konnten von den Bildern gar nicht genug bekommen. Vorerst gab es ja nur eine Familie in unserem Dorf, die einen Fernsehapparat besaß. Wir durften aber des Öfteren hingehen und in den Wunderkasten schauen. Es dauerte nicht lange bis auch in den übrigen Häusern das Fernsehzeitalter begann. Eine Neuheit auf dem Musiksektor war die Musikbox oder auch Wurlitzer genannt. Dieses Gerät, das bald in jedem Gasthaus und Cafe seinen fixen Platz hatte, war besonders bei der Jugend beliebt.

Der Einwurf einer Münze und ein paar Drücker auf die Tasten und schon gab der „Wurli" den gewünschten Schlager von sich. Dazu tanzte man Rock'n Roll, dass der Fußboden ächzte. Es begann die Zeit der Hippies und Blumenkinder. Die Burschen trugen die Haare lang und die Röcke der Mädchen wurden kürzer. Die Jugend wollte nach der Kindheit die durch den Krieg und die Besatzungszeit viele Entbehrungen mit sich brachte, endlich frei sein und so richtig auf den

Putz hauen. In den Kinofilmen erfreuten uns die damaligen Jugendidole Conny Frobess, Peter Kraus, Elvis Presley und noch viele andere mit ihren mitreißenden Musikrhythmen.

Leopold Moser, mein späterer Gatte mit seinem 1. Moped 1956.

†

Christliches Andenken

an Herrn

Johann Kragl

Bauerssohn vom Großebnergute in Kemet 2, Pfarre Münzbach

welcher am 27. April 1957 um 15.15 Uhr nach kurzem Leiden, versehen mit den heiligen Sterbesakramenten, im 30. Lebensjahre sanft im Herrn entschlafen ist.

Lebet wohl liebe Eltern,
Und ihr Geschwister mein
Ich dank für alles Gute
Und ihr vergeßt nicht mein

Lebt glücklich und zufrieden
Die kurze Spanne Zeit,
Bis wir uns werden finden
In Gottes Herrlichkeit.

Bestattungsanstalt Ferd. Knoll, Perg
Buchdruckerei Perg

†

Christliches Andenken

an unseren lieben Sohn u. Bruder

Johann Schmidtberger

Elektriker-Lehrling in Münzbach 67

welcher am 18. Juli 1955 um 9 Uhr vormittags bei der Ausübung seines Berufes im 18. Lebensjahre tödlich verunglückte.

Lebet wohl liebe Eltern
Und ihr Geschwister mein
Ich dank für alles Gute
Und ihr vergeßt nicht mein.

Lebt glücklich und zufrieden
Die kurze Spanne Zeit,
Bis wir uns werden finden
In Gottes Herrlichkeit.

†

Christliches Andenken

an Fräulein

Margarete Berger

Bauerstochter am Loitpoltgute in Pilgram, Pfarre Münzbach

welche am 12. Feber 1955 um halb 7 Uhr abends nach schwerem Leiden und Empfang der heiligen Sterbesakramente im 20. Lebensjahre sanft im Herrn entschlief.

Lebet wohl liebe Eltern
Und ihr Geschwister mein
Ich dank für alles Gute
Und ihr vergeßt nicht mein.
Lebt glücklich und zufrieden
Die kurze Spanne Zeit,
Bis wir uns werden finden
In Gottes Herrlichkeit.

†

Christliches Andenken

an Herrn

Karl Mayrhofer

Bauerssohn vom Weidnergute in Oberzirking 5, Pf. Ried/Riedmark

welcher am 26. Oktober 1957 um 9.30 Uhr nach längerem Leiden, versehen mit den heiligen Sterbesakramenten, im 20. Lebensjahre sanft im Herrn verschieden ist.

Dein Leben war ein kurzer Traum,
Du ahntest seine Freuden kaum,
Schon in des Lebens Morgenrot
Nahm holder Jüngling dich der Tod
Und führte unentweiht und rein
Dich in den Freudenhimmel ein.

Mein Jesus Barmherzigkeit!

Besteller: Sasser, Ried in der Riedmark
Buchdruckerei Perg

Tragische Todesfälle junger hoffnungsvoller Menschen. Johann Kragl war ein Cousin meiner Mutter, Johann Schmidtberger ein Schulkollege aus der Hauptschulzeit, Karl Mayrhofer der Sohn einer meiner Dienstgeber und Margarete Berger eine Bekannte.

Der Totenvogel

Eine Geschichte aus meiner Jugendzeit fällt mir noch zum Thema Aberglaube ein. Es war im Spätherbst und da ich gerade einige Tage Urlaub bekommen hatte, begleitete ich meine Mutter zu einem Bauern um beim „Maschindreschen" zu helfen. Die Mutter und ich hatten die Aufgabe den Abfall von Korn, Hafer, Weizen und Gerste in großen Körben über eine Leiter auf den Stallboden zu tragen. Eine unangenehme, Staub verbreitende Arbeit, wobei noch dazu kam, dass sich Spreu und Grannen einen Weg durch unsere Kleidung suchten und gehörig auf der zu Haut kratzen begannen. Ich war schon sehr müde und heilfroh als der Maschinist den riesigen Dieselmotor abstellte, der die Dreschmaschine antrieb. Wir schüttelten uns die dicke Staubschicht von den Kleidern, wuschen uns beim Hausbrunnen Gesicht und Hände um dann in die Stube zu gehen und das wohlverdiente Nachtmahl einzunehmen. Da saßen nun alle um den riesigen Eichentisch und reichten den Mostkrug von einem zum anderen weiter. Müde und hungrig warteten alle auf das Essen, das nun die Bäuerin aus der Küche brachte. Zuerst gab es eine sehr schmackhafte Einmachsuppe und als Hauptspeise gebratenes Schaffleisch mit Mehlknödel und warmen Krautsalat. Alle ließen sich das üppige Mahl so richtig schmecken und vergaßen dabei sogar für kurze Zeit auf das Austauschen von Neuigkeiten. Da durchdrang plötzlich eine lautes „Kiwit, Kiwit", das direkt vom Fenster kam, die Ruhe. Es war der markdurchdringender Ruf des Steinkauzes, der im Volksmund auch Wichtel oder Totenvogel genannte wurde. Die Gesellschaft erschrak derart, dass so manchem der Bissen im Halse stecken blieb. Einige Frauen riefen voller Entsetzen: „Um Gottes Willen der Totenvogel ruft einen vom uns. Wer wird denn das bedauernswerte Opfer sein?" Da mir die ganze Geschichte wegen des Vogels reichlich komisch vorkam, aß ich weiter und ließ mir den Appetit deswegen nicht verderben. Doch im nächsten Moment ging das Geschrei des Vogels, der sich die

Holunderbeeren vor dem Fenster schmecken ließ, von vorne los. Die Frauen zuckten zusammen und befürchteten das baldige Ableben einer in der Stube anwesenden Person, wer immer es auch sein sollte. Daraufhin riss einem Bauernburschen die Geduld, er öffnete das Fenster und rief in die Nacht hinaus: „Alte zwick, alte zwick!“ Der Vogel erschrak zwar, was an dem Flügelgeflatter hörbar war, ließ sich aber keineswegs davon abbringen, die Hollerbeeren in Ruhe zu lassen und wegzufliegen. Er schrie abermals und diesmal noch etwas lauter sein „Kiwit, Kiwit“, was die Leute als „komm mit, komm mit“ zu hören glaubten. Der Bursch wollte keineswegs so schnell aufgeben. Er öffnete wieder das Fenster um abermals sein „Alte zwick, Alte zwick“ in die Nacht hinaus zu rufen. Obwohl die Frauen in der Stube schon Bedenken äußerten, dass das Geschrei der „Wichtel“ ihm gelten könnte und er sich nicht versündigen sollte. Der Vogel ließ sich dadurch nicht beirren und schrie nochmals das gruselige „Kiwit-Kiwit“ vor dem Fenster. „Jetzt scher dich endlich zum Teufel du Schreihals!“, rief der Bursch wieder hinaus und ließ dabei noch lauter als zuvor sein „Alte zwick, Alte-zwick“ erschallen. Der Vogel schien sich endlich bei seiner abendlichen Beschäftigung gestört zu fühlen, mit einem schrillen „Kiwit, Kiwit“ gab er auf und flog in die Nacht hinaus. Die Leute rund um den Tisch äußerten noch einmal Bedenken ob die Spottrufe des Burschen ihm doch nicht als Frevel angelastet werden könnten und er den Fluch des Vogels befürchten müsste. Als jedoch die Bäuerin eine große Schüssel mit duftenden Krapfen auf den Tisch stellte, ließen sich diese alle gut schmecken und vergaßen endlich das Unheil verkündende Geschrei des Totenvogels. Auf dem Heimweg versicherte mir die Mutter, dass es sich dabei um einen Aberglauben handeln würde und der harmlose Vogel eben auch sein Geschrei von sich geben müsste. Der Steinkauz, dem der Name Totenvogel völlig ungerechtfertigter Weise nachgesagt wurde, ist heute selbst vom Aussterben bedroht. Jährlich gibt es um einige Brautpaare weniger und die grellen Rufe in der Nacht sind nur mehr äußerst selten zu hören.

Der Holzer Göd

Auf dem Bauernhof der Familie Weilguny, vulgo Holzer zu Baumgarten, verbrachten wir als Kinder viele Tage im Jahr. Während die Mutter bei der Arbeit mithalf, durften mein Bruder und ich mit den Kindern der Familie spielen. Karl Weilguny war der Firmpate meines Vaters und wurde darum von uns der „Holzer Göd" genannt.
Er war auch eine zeitlang als Bürgermeister der Gemeinde Windhaag tätig, Damals hieß es die Neuigkeiten aus der Gemeinde am Sonntag nach dem Gottesdienst, auf den Stufen vor dem Kircheneingang, zu verlautbaren. Der Holzer Göd hatte eine kräftige Stimme und die aufmerksamen Kirchenbesucher konnten ihn gut verstehen. Seine Verlautbarungen enthielten Termine von Impfungen, Viehzählungen, Robotleistungen an den Gemeindestraßen und vieles mehr.
Die Holzer Familie anerkannte die Hilfe meiner Mutter bei allen Arbeiten, die während eines Jahres zu tun waren. Vom Hof des Holzer Gödes gingen wir nie mit leeren Händen nach Hause. Ein Laib Brot, ein Stück Butter oder Selchfleisch, eine Flasche Most und Obst, je nach Jahreszeit durften wir als Belohnung für Mutters Arbeit mit nach Hause nehmen. Diese Lebensmittel konnte unsere Familie dringend gebrauchen. Ich erinnere mich noch genau an die Schwester des Gödes, die Anna Tante. Sie war der gute Geist des Hauses und führte ihr Regiment in der Küche. Eine Kostprobe ihrer Krapfen und Schürfel oder eines schmackhaften Kuchens, durften wir auch jedes Mal nach Hause mitnehmen. Die Anna-Tant wurde von den Kindern des Hauses auch „Godn" genannt, weil sie allen als Taufpatin zur Seite stand. Beim Holzer wurde noch tätige Nächstenliebe praktiziert und keiner wurde mit leeren Händen weggeschickt. Der aufrichtige Dank der damals mit den Worten: „Bitt' gar schön und vergelt's Gott!", ausgesprochen wurde, galt der gesamten Familie.

Die Familie Weilguny vulogo
„Holzer zu Baumgarten“ um 1940
Hintere Reihe in der Mitte Karl Weilguny der „Holzer Göd“.

Dorfgemeinschaft und Heimatort

Die Gemeinschaft in meinem Heimatdorf Altenburg wurde groß geschrieben. Die Bewohner hielten stets fest zusammen. Egal ob bei freudigen oder traurigen Ereignissen, da war einer für den anderen da. Ich erinnere mich gerne an die Hochzeitsfeiern, die von der ganzen Dorfgemeinschaft vorbereitet und festlich begangen wurden.
Dazu gehörte auch der schöne Brauch des Aufweckens von Bräutigam und Braut am frühen Morgen des Hochzeitstages. Die Haustür wurde mit einem Kranz aus Tannenreisig und weißen Papierrosen geschmückt. Die Männer ließen vor dem Haus Böller krachen um die ganze Umgebung von der Hochzeit eines Dorfbewohners aufmerksam zu machen und Braut und Bräutigam lautstark zu wecken.
In den fünfziger Jahren gab es in der Pfarre Windhaag viel zu feiern. Endlich bekamen die Pfarrkirche und die Filialkirche Altenburg wieder neue Glocken. Diese freudigen Ereignisse wurden von der ganzen Bevölkerung mitgefeiert.
Da aus der Pfarre Windhaag viele Priester hervorgingen, kam es immer wieder zu den großen Feierlichkeiten einer Priminz und zu Priesterjubiläen. Die Bevölkerung wusste solche Feste gebührend zu feiern um den Neupriester oder Jubilar die Ehre zu erweisen. Ein besonderer Anlass für die Ortschaft Altenburg war die Priminzfeier von Josef Honeder, einem Sohn unseres Nachbarn 1957. Die Frauen unseres Dorfes, darunter natürlich auch meine Mutter, halfen tatkräftig beim Schmücken des Elternhauses und des Schwibbogens, der über der Straße aufgestellt wurde, mit und begleiteten den Priminzianten in ihrer Goldhaubentracht zur Feier seines ersten heiligen Messopfers. Bereits ein Jahr zuvor 1956 konnte der Bauernsohn, Franz Achleitner, seine Priminz feiern. Auch ihn begleitete die gesamte Pfarrbevölkerung in die Pfarrkirche um seine Priminz feierlich zu begehen. Als eine ganz besondere Gnade galt der Priminzsegen. Um den Segen eines Neupriesters zu empfangen, scheuten die Menschen

Glockenweihe in Altenburg Ende der 40er Jahre.

auch aus den Nachbarspfarren den weiten Fußweg nicht. Es hieß damals, um einen Priminzsegen zu erhalten sollte man so weit gehen, um eine neue Schuhsohle durchzutreten. So wertvoll empfanden die Menschen in der damaligen Zeit diese Segnung. Einige Jahre später feierten Karl Kammerer und Johann Huber, zwei weitere gebürtige Windhaager, ihr erstes heiliges Messopfer.
Zu den Priminzen kamen auch Priesterjubiläen, für die aus der Pfarre Windhaag stammenden Geistlichen.
Im Jahr 1963 feierte Franz Achleitner, Dechant und Pfarrer in Ruhe in Bad Ischl, sein 50-jähriges Priesterjubiläum in seiner Heimatpfarre Windhaag. Der Pfarrer von Windhaag Alois Haslinger und Religionsprofessor Josef Steurer konnten im selben Jahr ihr 25-jähriges Priesterjubiläum feierlich begehen.
Einige Jahre später war es der gebürtige Windhaager Karl Königshofer, Pfarrer in Ruhe in Maria Laah, der dort sein 60-jähriges Priesterjubiläum feiern durfte. Ein trauriges Ereignis war das plötzliche Ableben des Pfarrers von Windhaag Josef Uttenthaler im Jahr 1954.

Eine Hochzeit aus Altenburg von Hans und Christine Dirnberger.
Der Bräutigam starb bald darauf an einem Gehirntumor.
Beim Aufhalten der Hochzeitsgesellschaft sind Hermann Zuschrader und Rupert Hintersteininger zu sehen.

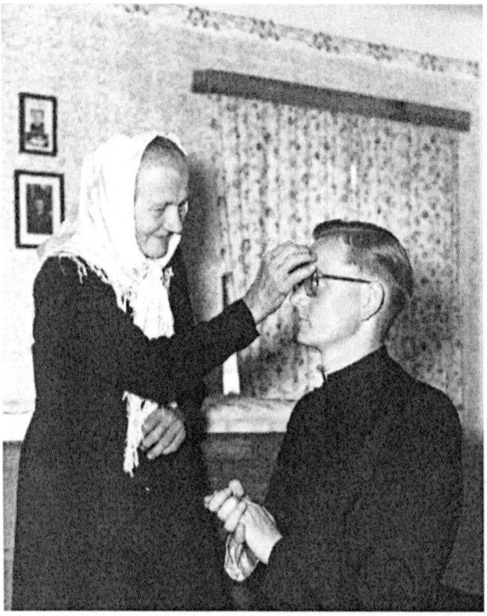

Priminz von Josef Honeder 1957.
Er empfängt den Segen der Mutter.

untern:
Inmitten der Goldhaubenfrauen, die meisten sind aus seinem Heimatdorf Altenburg.

Priminz Josef Honeder.
Der Festzug in die Kirche.

Die Nachbarsfrauen unter den von ihnen errichteten Schwipbogen an der Abzweigung nach Windhaag zu Ehren des Priminzianten.

Priminzsegen von Franz Achleitner und zwei Neupriester.

Mit seiner Familie und seinem Onkel Dechant Franz Achleitner

Fronleichnamsprozession in Windhaag 1960.

Festzug bei der Priminz von Franz Achleitner 1956.

Goldenes Priesterjubiläum von Dechant Franz Achleitner 1963.

Der Festzug und der Jubilar inmitten seiner Priesterkollegen und den Goldhauben vor dem Portal der Kiche.

Nachwort – Schluss

Während meiner Tätigkeit im Gasthaus Kurz lernte ich meinen späteren Ehemann kennen. Wir schlossen den Bund fürs Leben im August 1961.
Erlebnisse und die Begleiterscheinungen die bei einer Einheirat in eine Großfamilie von vier Generationen auftreten, möchte ich im zweiten Teil meiner Familiengeschichte mit dem Titel:

„Der große Aufbruch“

beschreiben.

Das Buch wird voraussichtlich im Herbst 2006 erscheinen.